JN329608

富士の裾野にワンルーム小屋を建てた

静新新書

027

目次

プロローグ　父へ

　ごぶさたしております。

　あなたがこの世を去ってから、三十年以上が経ちました。母も二人の兄も、なんとか元気にやっています。あれから、いくつかのことがありました。けれどまあ、今は皆、平穏に暮らしています。母はだいぶ年をとりました。当たり前ですよね。あなたが死んだ時、母は四十五歳でしたが、今ではもう七十七歳のおばあちゃんです。あそこが痛い、ここがおかしいと、時々、病院に通っていますが、好きな茶道も続けていられるほど元気に暮らしています。

　私は、来年の一月で四十八歳になります。あなたが亡くなった年齢になるのです。信じられますか？　カツ丼と納豆が大好物で野球ばかりしていたあの三男が、今では大学生と中学生の子を持つ親です。腹も出てきました。酒も飲んでいます。

　静岡県須山にある十里木《じゅうりぎ》高原の土地はもちろん、覚えていますよね。あなたが亡くなる二年前に購入した土地です。あそこに別荘を建てて近くのゴルフ場でプレーするのが、あなたの夢だったと母から聞きました。

去年の暮れ、そこに六坪の小屋を建てました。十里木の土地は、三男である私が相続することになったので、名義人である母にことわって建てさせてもらいました。建築資金は、あなたが遺していった株や債権を売却してもらって、私が相続する分だけを母から生前贈与しました。

小屋には時々、行っています。冬に一度、家族揃ってスキーをしに行きましたが（富士山にスキー場があるんです）、それ以外はほとんど、犬を連れて一人で行きます。

東京で仕事をしていると、ひと月も経たないうちに、無性に十里木に行きたくなるんです。あそこには、森以外に何もありません。鳥が鳴き、風が木々を揺らすだけです。それでも、一週間いても飽きません。

なぜなんでしょう？　あそこに行くと、ここが本来、私がいるべき場所なんだと感じるのです。人と話すこともなく、人恋しくはなります。家や都会では決して感じることのない、一人でいる孤独感です。でも、そうした感覚は、悪くないものです。そうしたことが、四十七歳の今の自分には必要なのでしょう。

うまく言えませんが、ここに小屋を持って、自宅とはちがう意味で、はじめて帰る所ができたような気がします。ここが自分のゼロ地点で、ここからいろいろ考えればいい。何かあってもここに戻ってくればいいんだと、思えるのです。

仕事には恵まれたと思っています。やりがいがあり、楽しくもあります。ただ、都会で生活していると、何と言うか、腹の底から「感じること」が稀です。心の底から感動することが少ないし、腹の底から笑うことがない。すべてがそこそこなんです。形ある物ない物、何かを手に入れたとしても、すべてに薄い膜が覆われているような気がします。

都会では、理屈や理由が必要なものが圧倒的に多いのです。それが中年となった私を疲れさせます。ストンと腹に直接落ちてくるような「実感」がありません。何かを鷲掴みしている感覚がないのです。

しかし、森には、実感や実体があります。すべてが私の感情に直接働きかけてきます。雨、星、陽の光、鳥のさえずり、霧、風、臭い、温度……。すべて理屈ではありません。そして、そうしたことを感じているだけで、自分の人生はいいんだと感じるのです。私は少し変わっているのかもしれません。しかし、おかしくてもいいんです。それで、私自身が幸福を感じることができるのですから。これが、私の人生ですから。

こうした時間を与えてくれる土地を残していただいて、ありがとうございました。三十年してから、父親の遺書を発見したような、そんな気がしています。

おそらく、私のふたりの子供たちに、この小屋を遺すことになると思います。この文章を読めば、なぜこの小屋を建てることができ、この小屋が私にとってどんな意味があったのかが、彼らにもわかることでしょう。私があなたから何を引き継ぎ、私が彼らに何を託そうとしているのか、も。「テレビは持ち込むな」というメッセージをつけて。

最後に聞いておきたいのですが、なぜ、斜面の多い家の建てづらい場所を、わざと選んだのですか？　愛鷹山《あしたかやま》がきれいに見えたからですか？　いつかお会いする機会がありましたら、ぜひ、教えてください。

第一章　父が買った土地

二〇〇五年二月十日。

クルマのダッシュボードに付いているデジタル表示の外気温計は、東名高速道路の横浜青葉インターチェンジを入る時には摂氏九度を表示していた。立春を過ぎてから一週間。思い出したかのように、こうして春の兆しを感じさせる日がある。

左手にいつものようにアウトレットモールを眺め、御殿場のインターチェンジを降りたのが午後七時半。連休を前日に控えた平日の東名は渋滞もなくスムーズに流れていた。御殿場の気温は摂氏六度。国道469号線を須山方面に向かう。御殿場の町を抜け、陸上自衛隊の板妻駐屯地に差しかかる辺りから、すれちがう対向車もほとんどいなくなる。

摂氏五・五度……五・〇度。クルマが須山に近づくにつれ標高も上がり、それに反比例して気温が下がっていく。車内に流れるFM横浜の電波にも時折雑音が入る。ラジオをとめCDのスイッチを入れると、半年も入れっぱなしにしてある女性のジャズボーカルが静かに流れた。クルマはもう、富士山の懐に入っている。

国道469号線が、一面ススキでおおわれた自衛隊の東富士演習場を突っ切る。昼間、いつもなら勇壮な富士山が右手に見える地点だ。だが夜には、威圧するような富士山の気配を感じるだけだ。山の上の方に一カ所だけ、煌々《こうこう》とした明かりがわずかに見える。標高二千メートルにあるナイター付のスキー場。関東で最も早い十月にオープンするゲレンデである。四・五度……三・五度、三度。温度計は見る見る間に零度に近づいていく。まるで、潜水艦が水深を少しずつ下げていくように。

午後八時、クルマは小屋に着いた。自宅のある横浜の鶴見区から二時間。雪は降っていない。気温、〇・五度。たった二時間のドライブだが、標高約千メートルの十里木高原は、まだまだ冬である。

この日、私はできて間もない小屋で寝る前、まだ本の入っていない本棚に、父親のモノクロ写真を飾った。「建てました、ここに」という感謝の気持ちを込めて。

父の写真は一枚たりとも手元にはなかった。ふた月前、東京に住む実家の母に電話をして、「複写したら必ず返すから」と言って、横浜の私の住むマンションに郵送してもらった。書留で送られてきた封筒にはモノクロ写真ばかりが十枚ほど入っていたが、気に入ったのは一枚だけだった。父の会社の応接室かどこかで撮られた写真だ。がっしりとした応接椅子には白いシーツがかけられ、父はにこりともせずにカメラを見つめている。背広の左胸には社章が付けられ、レジメンタルのネクタイは、首が苦しそうなくらいきっちりと締められている。

ややや斜めから撮られたその写真には見覚えがあった。三十年前、父の葬式の日に祭壇に飾られていた写真だからだ。プリントの裏には、「父・正雄」と早書きしたような癖のある母の筆跡があるだけで日付もない。母によると父が四十七歳の時、死ぬ前年に撮られたものらしい。

一九七三年四月末、父は東京都東村山市にあるゴルフ場のグリーンの上で血を吐いて倒れた。原因は胃潰瘍だった。父が胃潰瘍をわずらっていたことは、家族の誰も知らなかった。私自身も三十代の頃、潰瘍の経験があるので分かるが、父は間違いなく胃袋をつかまれるような痛みが時々はあっただろうから、病であることを自覚していたにはちがいない。

ゴルフ場の近くに病院はなく、仕方なくサナトリウム（結核療養所）に運ばれた。それから一週間、絶対安静の状態が続き、結局、転院させられずに、最期をサナトリウムで迎えた。直接の死因は吐血による失血死だった。

四月二十九日、私は新宿にある高校に入学したばかりだった。その日はまだ「緑の日」ではなく、「天皇誕生日」といわれていた祝日の、快晴の日だった。

父は大正十四年七月十四日、群馬県邑楽《おうら》郡伊奈良村（現・板倉町）の農家に、八人兄弟の六番目として生まれた。貧農家の六男だったため、早くから東京に働きに出た。昭和二十六年、早稲田大学法学部の夜間部を卒業。卒業の前年、精密温度機器を製作・販売するT製作所に就職。営業マンとして、日本の高度成長時代を生きた。

日本経済に活力があった時代だ。会社は順調に大きくなりサラリーも毎年上がっていった。その頃の父は自分の人生に疑うものは一片たりともなかったろう。後年、植木等やフランキー堺のサラリーマン映画を観る度に、私は父のことを思い出した。実際にこの眼で見たわけではないのだが、父のサラリーマン人生はあんなふうに賑やかで楽しかったんだろう。正月には大勢の部下の人たちが家に遊びに来たし、台湾からのお客さんが来たと言っては、親友のような扱いで自宅に何度も泊めたりしていた。そうした時の父の表情は、サラリーマン映画に出ている俳優たちのように活き活きとしていた。

とにかくよく出張に出かけていた。小学校低学年だった私は、意味も分からず「しゅっちょう」と聞けば、父がどこかへ泊まりで出かけることであり、お土産を持って帰ることだと思っていた。

「しゅっちょう」が「とやま」だと、男ばかり三人兄弟だった私たちは、母と一緒に父の帰りを待ちわびた。「鱒寿司」が食べられるからである。初めて鱒寿司を食べたとき、こんなにおいしいものが世の中にあるのかと思った。たぶん、父もその味が好きだったのだと思う。そうでなければ、ああいつも同じものを買ってこなかっただろう。富山出張から帰宅した夜は、一家五人で三つほどの鱒寿司をつまんだ。鱒寿司は、青竹と太く小さな輪ゴムを使って丁寧に梱包されていた。もったいぶったような鱒寿司のその包みを解き、笹の葉をむき、白いプラスチックのナイフで、寿司を等分に切るのが子供たちの役目だった。

「富山には夜行列車で行くんだ」というようなことを、何かの時に父から聞いたことがある。だから、富山に行くと聞くと、ブルーの夜行列車の油が染み込んだ木の床の寒そうな客車の中で、硬そうな木製の椅子に座った父が大事そうに鱒寿司を抱えている光景を浮かべた。

「せんろ」という言葉もよく父や母から聞いた。会社は池袋にあった。「せんろ」は池袋にあるバーの名で、子供だった私の耳に残っているくらいだから、よほど父は通ったのだろう。その店の名が、ひらがななのか漢字なのかは分からない。夜、線路の上であぐらを組んで酒を飲む、父の姿を想像しては不思議に思ったものだ。

私が覚えている父の姿は、数えられるほどである。上機嫌の日、夜遅く帰って来ると、寝ている私を起こして、頬を顎でこすった。そんな時間になると、髭はうっすらと伸びていて、それが私の柔らかい頬にあたり痛かった。酒臭く、酔っていただけに、よけい力加減をしなかった。

朝、寒い冬でも猿股一枚で乾布摩擦をしていた。スクワットのようにしゃがみ込み、両手を上げる。そのくり返しを、「よいしょ、よいしょ」などと掛け声をかけながらくり返すのだ。その様子はお世辞にも格好いいものとはいえなかった。風呂では上がる寸前に決まって冷水を浴びていた。

私は小学生時代、少年野球のチームに入っていた。ある晩、監督の家でミーティングがあり、帰宅が遅くなった。父は玄関で猛烈に怒り、私の頭か頬を殴った。父が私に手を上げたのは、その一度きりである。

父はサントリーのウィスキー、レッドが好きだった。ご飯を食べる前、決まって何杯か飲んでいた。子供たちが食べている様子を肴にしているかのように、ダイニングテーブルの両側に座る家族をながめながら、赤いラベルの貼られたボトルから小さなグラスにウィスキーをそそぎ、ちびちびとうまそうに飲んでいた。たぶん当時は、そうしたことが「モダン」だったのである。ウィスキーを飲むことは「文化」である、とサラリーマンたちが思い始めた頃だった。

仕事はできたのだと思う。営業畑にいた父は、昭和三十六年から三年間、北九州市の小倉営業所に転勤した後、出世の階段をかけ登っていった。私の記憶にある父はすでに「ぶちょう」だった。もちろん、「ぶちょう」が「部長」を意味していたことなど、分かる術もなかったが、何となくえらいらしいと感じていた。来客は多く、年賀状は毎年、広辞苑の厚さくらい送られてきていたからだ。

ゴルフが大のつくほど好きだった。接待のために始めたのだろうけれど、今風にいえば完全にハマっていた。当時、サラリーマンの週休は一日で、土曜日は〝半どん〟と呼ばれ、午前中は仕事をしていた。接待ゴルフは日曜日に行われた。でも、父が日曜日にゴルフに行ったのは、すべてが接待だったわけではないはずだ。なぜなら、毎週と言っていいほど、その小さい球を打ちに行っていたからだ。

そんな父の日曜日のお土産は、ゴルフ場で捕まえたバッタだった。ゴルフバックにあるシューズを入れるサイドポケットに、バッタを入れて持ち帰ってくるのである。

「しゅん、バッタだぞ、バッタ！」

サイドポケットのチャックを玄関でうれしそうに開ける父は、まず雑草を取り出し、そして緑色のバッタを何匹か私に手渡すのだ。雑草が入っているところが、何となくバッタに対する思いやりがあって田舎者の父らしかった。


父が亡くなった時、私は高校一年生だった。次男はタイル職人の修業をしていて、長男は大学の三年生だった。私も長男も私立の学校に通っていた。母は働くような人ではなかった。典型的な夫唱婦随で、ずっと専業主婦だった。

父が急逝し、母は家計が心配だったにちがいない。だが、母は働くことをしなかった。子供をきちんと育てることが、自分の役割だと思ったのだ。長男と私は無利子だが返却の必要のある育英会の奨学金を申し込み学費に充てた。長男は赤坂で水商売のアルバイトをし、私も大手町にある製紙会社のビル掃除や、江東区にあった缶詰工場、親戚の看板屋でアルバイトをするようになった。その頃、私立の高校でバイトをしている者はそれほど多くなかったから、彼らより少し大人になったような気がしたものだ。

ひもじい思いをすることはなかった。長兄も私も「働くこと」をけっこう楽しんでいたし、莫大とは言えないが、父が遺していった株式や債権、ゴルフ場の会員権もあった。ゴルフ場は、四つの会員権があった。当時はまだまだ景気は右肩上がりだったから、会員権相場も右肩上がりに上がっていた頃である。

那須チサンカントリークラブ、岡部チサンカントリークラブ、東京都民ゴルフ場、十里木カントリークラブ。その中で一番新しい会員権が、静岡県裾野《すその》市にある十里木カントリーだった。

父は、十里木カントリーの会員権を昭和四十六年、死ぬ二年前に購入している。おそらく、そんなにはここでプレーしていないはずである。父はクルマの運転免許を持っていなかったので、ゴルフ場に行く時は、誰かのクルマに同乗させてもらうか、電車を使った。家は東京の荒川区にあったのだが、そこからは十里木カントリーのある最寄りの駅・御殿場まで当時、三時間はかかっただろう。

そんな不便な場所の会員権を購入した理由はちゃんとあった。実はその頃、父の勤める会社はこのゴルフ場の近くにある、富士急行不動産が販売していた十里木高原別荘地に保養所を作る目的で土地を購入していたからだ。すでに会社の役員になっていた父は、おそらく何度か下見聞に行ったのだろう。そして、まさしく富士山の「裾野」にあるこの土地を気に入ったのだと思う。父は個人的にこの別荘地に百五十坪の土地を購入した。

土地は死ぬ前年に買っていた。長兄は父にこんなことを言われていたらしい。

「ここに別荘を建てて、十里木のゴルフ倶楽部でプレーするのさ。クルマはおまえが運転してくれよな」

三十年近くもがむしゃらに働いてきた父は、ひとつの「夢」を、この高原の土地に描いていたのだ。二、三年前に営業担当の取締役にもなり、今までとはちがって自分への「褒美」を考える余裕をようやく持てるような年齢になったのである。定年というゴールもぼんやりと見えていたにちがいない。

四十代の半ばというのは、そんな年なのである。私は今年、四十七歳になり、そんな気持ちが分かる気がする。


父が亡くなって数年してから、私はその土地を訪ねたことがある。確か、大学一年か二年の頃である。母と二人の兄と一緒だった。アルバイトをして中古で買ったホンダ・シビックに乗って、夏の日、日帰りで行った。須山の交差点から高原をずんずんと上がっていく頃になると、開け放した窓から入ってくる空気は濃い緑の香りがするようになる。とてもおいしい空気だった。「のんびりとして静かで、いい所だなあ」と思った。

静かな理由は、高原を覆う林の中に、別荘がほとんど建っていないせいもあった。土地は購入されているのだが、ほとんどの人たちが家を建てていないのが実情だった。

管理事務所で住所を告げ、場所を教わった。大きな別荘内の地図には三ケタの番地が数え切れないほど並んでいた。芙蓉の森林一丁目の一四×が私たちの目ざす土地だった。同じような四つ角をいくつも通り、何度も道に迷った末に、ようやくめざす番地にたどり着いた。もう文字のほとんどが消えかけていたが、木製の住居表示の小さな看板があったおかげで、私たちはそこが父の購入した土地であることを知った。

土地はうっそうとした木々に覆われていた。とりあえずは、草刈りのためカマなどを持ってきたのだが、そんな気も失せるほど生い茂っていた。長年、草刈りもせずにいた林は夏にはいっそう濃い緑に覆われていた。地形も判別できないほどだった。高い樹のほとんどはヒノキで、ところどころにそれとはちがうサクラのような葉をした木などが生えていた。樹間にも低木が生い茂り一メートル先が見えないほどだった。足元にはササや名前も知らない瀬の低い草木がびっしりと生えていた。それは、まるでジャングルのようで、草刈りの意欲を萎えさせるには十分だった。涙腺の弱い母は父のことを思い出したのか、突然しくしくと涙を流した。

しばらくして、「まあ、せっかく来たんだから」と言った程度に、四人は足元のササを刈った。隣の土地との境界に階段があるのだが、そこも多くの草で覆われ、階段がその形を現すまで、私たちは草刈りをした。地目が山林の、南向きの斜面がほとんどのその土地には、平らなところがほとんどなかった。鬱蒼とした森の奥に、いかにも得体の知れない生き物が棲んでいるような雰囲気がした。そこに家を建てるなんて想像もできなかった。

それからしばらくの間、この高原の山林は、私の意識からは消えてしまう。


高校を卒業した私は、一浪して都内にある私立大学に通った。ゼミ活動と遊びに忙しい大学時代は瞬く間に終わり、人より二年も遅れて、とある小さな出版社に新聞広告を見て応募し、首尾よく入社した。駆け出しの編集者の月日もあっという間に過ぎた。今の連れ合いと結婚したのは、就職して確か三年目くらいである。結婚した翌年、長男が生まれた。

十里木の土地のことをまったく思い出すことなく、二十代は過ぎ、気がついてみると、三十歳の誕生日を迎えていた。まるで、足元ばかりを眺め山を登っているうちに、ふと気づいて後ろを振り返ると、山の峰々が見えるような高い地点まで登っていたような気分だった。

就職して六年目に会社を替わった。やはり小さな出版社だった。雑誌編集者としてひと通りのことができるようになった頃で、少し自分の仕事にも自信と意欲が持てるような時期だった。

時代は日本経済がバブル景気のとば口に入る頃である。私は三十一歳で、ある高額所得者向けのビジュアル雑誌の編集長となった。雑誌はほぼ一〇〇パーセントを広告収入にたよるビジネス・モデルだった。「リゾート」という耳ざわりのいい言葉が世の中を闊歩し、それがビジネスにつながっていた。国内外のリゾートホテルや施設、クルージング、政府観光局などからの取材依頼は引きも切らず、広告クライアントを出版社が選ぶという、今では信じられないほど好景気だった。そういう意味では、「行きたい場所」「したい取材」は、ほぼかなえられた。バブルの頃は、零細出版社のたかだか三十歳を過ぎたばかりの編集者にもそんなことが可能だったのである。

六人ほどいた編集部員は私を含めてふた月に一度くらいは海外取材に出かけた。それだけの人数で三百ページ弱の季刊誌を制作するには、二週間ほどの出張に出るのはふた月に一度の取材が「限度」だった。自分の年収では買えないような輸入車を試乗し、プライベートでは決して泊まれないようなリゾートホテルに取材に出かけた。地球は意外と狭いのだなあと、その頃は、気取りではなしに感じていた。

成田空港で時々、知り合いのカメラマンやライターと会った。パリのプランタンの鞄売り場で知り合いのカメラマンに声をかけられたり、映画館もあるフランクフルトの広大な国際空港で旧知のライターとばったり会ったこともある。バブル景気のおかげで、私たちの世代の編集者やライター、カメラマンは違和感なく海外取材をするようになったし、日本の雑誌のクオリティも上がっていった。一流品が作られるヨーロッパの数多くの現場をこの眼で見ることができ、ブランドには必ず、生まれた理由と逸話があることを知った。

国内外の取材や打ち合わせ、パーティなどで、黒革カバーのファイロファックスのスケジュール表がびっしりと埋まることに快感を感じていた。手帳に空白ができると後ろめたい気がして無理にでも用を入れていた。パーティにもよく出席し、仕事の知り合いも増えていった。のんびりとした空白の時間など、三十代前半のその頃の私には必要なかった。興味の関心は常に自分の外側に向き、好奇心のアンテナは起きている間は敏感に振れていた。

森を、私はまだ必要としなかった。自分を見つめる必要などなかった。疲れた心と体を癒すのなら、リゾートに行き、ジャクージに入りながらシャンパンを飲めばよかった。私は超多忙なサラリーマン編集者生活を送った。仕事も楽しかった。よくよく考えてみれば、父の三十代も、忙しさの密度とテンションの高さは、こんなふうだったのかもしれない。

　やがてバブル景気も終わった。多い号で一億円以上の広告収入を稼いだ雑誌も、あっという間にはじけてしまった。編集担当の取締役だった私は退職金ももらえず、会社を去った。長男十歳、次女も既に五歳。私は三十五歳になっていた。

　二人の子供を保育園に預け、数カ月の間は失業保険をもらいながら、時々、銀座で映画を観て、昼間から酒を飲んだ。熱燗を飲んだボーっとした頭で、ビルの間にある銀座の空を見上げると、どこにも属していない私は、たまらなく解放されている気がした。連れ合いも働いていて収入があったこともあり、また今までモーレツに仕事をしてきた私は、先行きの不安など微塵もなかった。それよりも、少しの間、頭をからっぽにして休息できることがうれしかった。二週間に一度くらいだっただろうか、失業保険をもらうために、「仕事は探しています」と伝えに、職業安定所（と当時は言った）に足を運び、役所には黙ってアルバイト原稿などを書いていた。

　ある知り合いから、雑誌を創刊するのだが暇だったら手伝ってくれないかと声をかけられたのは、スケジュール表が真っ白で、フリーランスで仕事を始めようかと思っていた頃だった。雑誌はネイチャー誌だった。「自然にはまったくと言っていいほど興味はないですよ」と、知り合いの編集者に伝えたが、「いえ、あなたの雑誌作りのキャリアに興味があるんです」と言われた。まったく知らない世界を知るのも悪くないと思った。

編集長に面談し、最後に少しすごみのある割合と二枚目の役員と会った。後で知ったが、彼は日本で最初の写真週刊誌『F』の創刊編集長だった。

「前の会社を辞めた時の年収はください」と、率直に希望を伝えると、「わかりました」と、低い声でその役員は言った。こうして、元・編集長は契約社員として老舗の出版社に採用されることになった。

クルマ、酒、高級時計、一流品、世界のリゾート、クルージング。そうしたことを取材していた身にとって、ネイチャー写真家の話を聞いたり、西表島をトレッキングしたり、釧路川をカヌーで下ったり、あるいは書物を通して自然の世界を知ることはとても新鮮だった。

創刊準備室で一年間働き、一年後、月刊誌『S』は創刊された。雑誌の創刊は何から何までゼロから作り上げなければならない。しかも日本では初めてと言ってもいい一般向けのネイチャー誌である。デザイナーも写真家も作家やライターも、経験したことのない誌面だった。海外の写真家にどうコンタクトし、その作品はいくらで買えばいいのか。ネイチャー写真家の場合、取材が長期になるケースが多いが、取材経費はどこまで負担すればいいのか。ネイチャー誌の場合、編集者はどこまで取材者に同行すべきなのか。日本の作家で自然をテーマにして書ける人は誰か。何もかも初めてのことだらけだった。そして、印刷所やデザイン事務所と綿密に打ち合わせて、合理的な制作メソッドを確立する必要もあった。

やるべきことは山ほどあったが、雑誌の編集者にとって「創刊」ほどエキサイトすることはない。そこに立ちあえること自体、編集者としては超の付くほど幸運なことなのである。しかも、私は以前の休日情報誌を含め、これが二度目の雑誌創刊だった。こんなに楽しいことをして、しかも給料もいただいて申し訳ないと思うほど、雑誌立ち上げの仕事は楽しかった。

スケジュール表はまたしても、以前のように黒く埋まりはじめてきた。再び、旧知の写真家やライターたちとも仕事をしながら、初めて会う作家や写真家たちとも、ほとんどが国内旅行だったけれど、様々な場所に出かけることになった。

こうして、私の三十代の後半は、再び雑誌編集者として、飛ぶように過ぎていった。

ネイチャー雑誌『S』は、創刊から六年たった二〇〇〇年に休刊となった。

この六年間で、有名無名を問わず、才能とアイデアと、やる気溢れた大勢の執筆者や写真家、イラストレーター、デザイナーたちと出会った。数え切れないほどのポジフィルムを見、さまざまな土地で取材をし、多くの原稿を読み、また多くの原稿を書いた。

編集者にとって、雑誌の休刊ほどさみしいことはない。それは、ひとつの小さな世界の消滅だった。小さな世界が創り出していた編集会議や打ち合わせや締め切りや校了が、マジシャンがぱちんと指をはじいたように突然に姿を消すのである。まるで、規則正しかった呼吸が停止するように、ある日をもって、すべてのスケジュールが消えてしまうのである。雑誌には、百を越えるクリエーターの人たちが関わっているものだが、まるで、紐の切れた首飾りのように、突然、ばらばらになってしまうのである。

『S』の休刊は、私にとって二度目の休刊だった。今回の休刊後に感じたことは、年齢のせいもあったのだろう、前回とはまったく異なるものだった。ひと言で表現すれば、そこに「なんらかの始まりの予感」はなく、「終わったこと」しか感じることができなかった。

十里木の山林のことを、意識して頭に浮かべるようになったのは、雑誌が休刊となり自分が四十歳になったこの頃だった。『S』編集部は解散され、私は書籍の部署へ異動となった。再び双六の振り出しに戻った。

その頃からだろうか、私はちょくちょく父のことを思うようになった。父の死んだ年齢まで、あと八年というところまで近づき、それまでこれっぽちも感じたことがなかったのだが、年をとっていく自分に気づき始めた。
「あと数年で、オマエは私が死んだ年齢になる」
まるで父がそう呼びかけてくるようだった。

その頃すでに、私は契約社員から正社員になっていた。これまでずっと雑誌の編集者だった身にとって、同じ編集者といっても書籍の編集は初めて経験することばかりだった。月刊誌の場合、毎月毎月、新しいことが「前方」からやって来た。失敗しても成功しても、ひと月経てば、皆そのことを忘れた。雑誌編集者にとって最も大切なことは反射神経であり、次に体力だった。が、単行本の場合、月刊誌のようにひと月という決められたサイクルがなかったため、反射神経も体力も優先順位は高くなかった。単行本の時間の流れは緩慢で、長いものは三年も五年もかかった。そして、当たり前のことだが、本ごとに締め切りが異なっていた。

雑誌には編集部があり、大勢の人間でひとつの神輿を担ぎ上げているというお祭り的な賑やかさがあったが、単行本の制作は、基本的に個人の仕事だった。入稿も校了も、打ち合わせもリサーチも一人。孤独な仕事である。「ぱっと飲みに行こう」という勢いを持ちようがない。雑誌の場合、連載や特集などいくつも並行して担当する他に、事件や事故、スクープなどのため急に掲載しなくてはならない記事が飛び込んでくることもあった。そのせいか雑誌編集者は外で仕事をすることが多かったが、書籍の場合、圧倒的にデスクにいることが多くなった。

それまでは淀みなく素足で地上の上を走ってきたのに、いきなりスケート靴を履かされ慣れないアイスリンクに突き出されたかのように、まるで異なるスポーツをしているような感覚だった。一カ月周期の体内時計は、なかなか元に戻らなかった。仕事のペースがだいぶ変わり、年齢も四十歳になり、何かが少しずつ自分の中で変わっていった。職場を見回すと、自分の周りには年下の者の方が多くなっていた。

バブル経済がはじけてから、この国はしばらくの間、少しばかり暗い国に変わってしまった。売上高の低迷は、出版界にも及んだ。会社は機構改革に乗り出し、年功序列を崩し、能力主義を優先させたため、年齢の低い者が定年前のベテラン社員の上司になったりした。

その頃、頭の一部分だけが今までなかったような、ゆっくりとした速度で回転していることに気づくようになった。ネイチャー誌に関わってきた時は、そんなことは思わなかったのだが、雑誌をやめてからは理屈ではなく感覚として「自然の中に身を置きたい」と思うようになった。決して仕事を投げているわけではない。が、頭の片隅で「もういいじゃないか」と言う声が聞こえた。どこかの森が、「こっちへおいで、こっちへおいで」と、ささやくようなか細い声で私に手招きをしているような気がした。

四十歳は脂ののった時期で、まだまだこれから大きな仕事をしていく年齢だと理屈では分かっているのだが、一方でそれを「押しとどめる何か」が自分の中にはあった。フルマラソンの折り返し地点を折り返したように、今までと同じ走り方をすべきではないと感じた。私が走っているのは人生の復路なんだと思った。たぶん、父が四十代で死んだせいもあったのだろう。そしてそれは、今まで自分の興味が外へ外へと向かっていたものが、少しずつだが、自分の内面へ向かうことが増えてきたような、そんな感じだった。「静かに森の中で時間を過ごしてみたい」という欲望がゆっくりともたげてくるようになった。同時に、父のあの山林が、二十五年を経て、再び意識の中に見え隠れするようになってきた。

あの土地は今、どうなっているんだろう？

『S』編集部にいた時、知り合った写真家の中の一人に、山下大明《ひろあき》さんがいた。山下さんはもう、私のことなど覚えていないかもしれない。二、三度、グラフィックのページを組ませてもらったくらいで、そんなに深い付き合いをしたという記憶もない。ただ、雑誌が終わったくらいから、なぜだか山下さんのことを思い出すようになった。山下さんが若い頃に決断したある行為が、すごく気になるようになったからだ。それは、こういうことだった。

私が山下さんと仕事をするようになったのは、彼がまだ、大田区のアパートに住んでいる頃だった。当時、山下さんは『樹よ。』という小学館から出版された写真集の中で屋久島の屋久杉を生命力のある写真で表現して注目されていた。

屋久島には長期滞在して撮影を続けていたのだが、やがて山下さんは東京を引き払い、屋久島へ移住した。もちろん、写真を撮るためである。と、当時の私は思っていた。屋久島の自然を撮るために移り住んでいったことは確かなのだろうけれど、それだけではなかったのかもしれない。私はそう思うようになってきた。

はじめの頃は正直、こう考えていた。

「いくら、写真を撮るためとはいえ東京を離れたら仕事は激減するだろう。もともとネイチャー写真で食べていくのはしんどいのに、よくそうした決断をするものだ。大変だろうに、よほど屋久島の自然が好きなんだろうな……」

その頃の私は、「生き方」を合理的か否かで判断するようなところがあった。そして、「仕事の評価」は、社会を含めた他人がするもので、「自分への充足感」が仕事において最も大切なことだなどとは思っていなかった。そんな自分にとって、他者からの評価である地位や年収はとても重要なことに思えた。

山下さんは屋久島に移住したことによって、まちがいなく仕事は減ったのだと思う。しかし、屋久島にいる毎日は、山下さんにとって果たしてつらい日々だったのだろうか？　後に私はこう思うようになった。

「山下さんは、そこに住みたいから、移住したにちがいない。写真は撮るのだが、そのために移住したのではなく、そこに暮らしたいがために、移住したのでは」と。

たぶん、山下さんは思ったのだろう。今、東京にベースを置いて写真家を続けていて、オレは幸せなんだろうか、と。

まったく見当違いだったら許していただきたいのだが、山下さんは、屋久島の自然に魅せられ、東京にいるこの瞬間にも屋久島が存在することに耐えられなかったのではないか。つまり、東京にいて、屋久島が山下さんを呼んでいたのではなかったか。乱暴に言ってしまえば、山下さんにとって「写真を撮ること」は二の次で、「屋久島にいること」の方が、わずかの差で勝《まさ》っていたのではないだろうか。

人がどこに暮らすかということは、とても重要なことだと、四十を過ぎた頃から思うようになった。

「何かをする」ということは、「どこに住むのか」ということと、とても密接な関係にあると思い始めてきた。「したいこと」が「住む場所」を決定することもあるだろうし、「住みたい場所」が、「すべきこと」を決めることもあるにちがいなかった。

その時の私は、まだ十里木に小屋を建てようとは思わなかった。なぜかといえば、他に気になる場所があったからだ。自然の中で暮らすならば、八ヶ岳の周辺がいいと思っていた。

私たち夫婦は、三十代の頃から夏になるとよく小淵沢や甲斐大泉にあるペンションに泊まりに出かけた。まだ、子供が小さかったため、子供も泊まれるペンションを探したのだが、八ヶ岳周辺にはそうした家族用のペンションの数も豊富だった。私たちは、甲斐大泉にある宿によく泊まるようになった。八ヶ岳を背に、正面には南アルプスを望む素晴らしい場所に建つ宿だった。オーナー夫婦が気さくで、ちょうど下の娘と同い年くらいの娘さんもいた。

ペンションには、プレイング・ルームと名づけられたおもちゃの部屋があって、下の娘が大好きだった。マンガ本もたくさん置いてあって、上の息子はそれが気に入っていた。

ある年の冬、運悪く予約がいっぱいだった。親切なオーナーは、「近くにできたばかりのヒュッテがあるから」と言って、一軒の宿を紹介してくれた。オープンして一年もたっていない、「フライング・スプーン」という名のペンションだった。「匙を投げる」という冗談のような名前は、実はこの宿のオーナーが持っていた吉祥寺にあるレストランと同じものだった。このできたばかりの宿に初めて泊まった日の晩のことだったと思う。薪ストーブの置いてある、大きなソファのあるリビングで、食後の酒をオーナーに誘われた。

「娘も嫁いで、夫婦、二人に戻った時、これからどうしようかって話したんです。残りの人生は、好きなことして過ごそうと思って。二人とも、東京生まれの東京育ち。でも、どこか自然に囲まれた場所に住みたいなあと女房も私も思ったんですね。候補地を方々、訪ねました。結局、この八ヶ岳と南アルプスの景色が一番気に入りましてね。吉祥寺にあるレストランは人に譲って、そのお金で、部屋数も少なくていいから、自分らしいもてなしのできるペンションをと思ったんです。私にできることと言ったら、料理をつくることくらいですから」

結局、わが家はそれ以来、このヒュッテに決まって年に一、二度、遊びに行くようになる。紹介してくれたペンションのご主人には申し訳なかったが、そろそろ子供も大きくなったこともあり、薪ストーブのある「大人の宿」を我が家の定宿とするようになったのだ。

ここのご主人を通して、できたばかりの蕎麦屋を教えてもらったり、あまり人の行かない小川や、クスノキやヤマザクラの大木を教えてもらったり、より深く、私たちは八ヶ岳周辺を知るようになった。

山の美しさはもちろんのことだが、この辺りは、水田や畑があり、どこか懐かしさを感じさせる里山の風景も広がる。一方、美術館や工房も多く、蕎麦屋をはじめとした食べ物屋も都会人の肥えた舌を十分楽しませる味をしていた。温泉やスポーツ施設もたくさんあった。自然が残り、文化を感じさせる施設もある。観光課の出しているパンフレットには、一年を通した日照時間が日本で一番長い、と書いてあった。標高にもよるが、冬に適度な雪が降ることも気に入っていた。東京からクルマで三時間という距離も悪くはない。知り合いも含め、何人かの作家や写真家などがこの辺りに住んでいたり、別荘を持っていた。

こうしてくり返し八ヶ岳に通うようになり、この場所にいつか住んでみたいと思うようになった。だが、重大な問題が三つあった。ひとつは資金。もうひとつは、それとも関係して

「いつ」になるのか。最後に、連れ合いの気持ち、だった。

資金はなかった。住宅ローン、クルマのローン、もろもろの支払いで、共稼ぎにも関わらず、子供が大きくなっていくと教育費がかさみなかなか貯金をすることができなくなっていった。

娘が私立中学に入学した年の翌年、長男が私立の大学に入った。私は、四十五歳になっていた。家計は低空飛行である。受験もあったせいだが、夏の旅行も、冬のスキーもしばらくおあずけとなった。四人家族が三日ほど、どこかへ遊びに行き、飲み食いすれば二十万円くらいはあっという間になくなる。夏と冬のボーナス時期には十万円単位で貯金していたのも、ここ数年はできなくなってしまっていた。そうした状況で、別荘を建てたい、なんて言えるわけがない。実際、資金をどうすればいいのか、皆目、検討がつかなかった。だが、「自然の中で暮したい」気持ちは萎えるばかりか、ますます強くなっていった。一日一日、会社へ行けば行くほど、私には「それ」が必要であるように思えた。

年に何度というわけには行かなくなったが、それでもたまには、八ヶ岳のフライング・スプーンには家族で泊まりに行った。行くと決まって、食後には薪ストーブのあるリビングでグラスを傾けながら、私と妻や子供はご主人といろいろなことを話した。ご主人の近況から始まって、最近の移住者の話などを聞かせてくれた。

「ハーブの畑を始めたんですよ。それと、薪のストック小屋も自分で作ってね、最近は薪割りに凝っていて、地元の人が樹を伐採するというと手伝いに行ってね、そうして樹をもらって薪にするんです。チェーンソーも大型のスウェーデン製のに替えてね、だいぶうまくなりましたよ」

ご夫婦にとっては、初めての田舎暮らしなのだが、地元の人たちとの付き合いも含め、二人はうまい具合にその生活にとけ込んでいた。私もご夫婦と接していて、何事もあくせくしていないところが、とても魅力的だった。

「で、今井さんの移住計画は順調に進んでいるんですか？」

妻にはなかなか直接に言えないので、私はここへ来るとご主人にそうした気持ちのあることを伝えることによって、妻にもその気持ちを理解してほしかった。毎日の忙しい生活の中で、そういう浮世離れした話をどう切り出せばいいと言うのだろう。

「いや、資金がね、なっ」などと、私は妻の気持ちを探ってみる。すると、

「何を夢みたいなこと言っているのよ……」と、妻には一笑にふされてしまうのである。

それが「いつ」行動に移せるのかは、イコール、資金をどうするかにかかっていた。

それでもたまに、折を見て私は妻に、地方に住みたいことを話していた。彼女は私とは正反対の考えだった。私には、彼女が自然や田舎暮らしをまったく求めていないように思えた。そして、事実、そうだったんだと思う。

彼女と私は大学の同級生で、私が二十六歳、彼女が二十五歳の時に結婚した。彼女は新卒で都内にある新聞社に就職し、四年間そこで働き、長男が生まれ子育てのため退社した。長男が一歳になると、新聞広告で婦人誌系の出版社の中途採用に応募し、再び働き始めた。てきぱきと仕事をこなすタイプで、私たち夫婦は友人同士のような仲だった。保育園の送りは私で迎えは彼女。私は洗濯も食事づくりもこなした。お互い忙しいので、長男が小さい頃、頻繁にケンカをした。

「こんなに手伝っているじゃないか」と、ケンカの最後に私は口癖のように彼女に言った。すると、彼女も決まってこう返した。

「そういう、自分がお客さんのような言い方がどうしてできるのかしら。家事に関してなぜいつも、私が主体じゃなきゃいけないの？」

結局はこの繰り返しで、いつの間にか、ケンカするのも億劫になっていった。

子供は計画出産ではなかった。二人目の長女は、私が三十二歳、彼女が三十一歳の時に生まれた。彼女が二つ目の出版社で働き始めて五年目のことだった。長女が生まれると、育児のため勤めていた出版社を辞めた。そして、長男の時と同じように、長女が一歳になると再びフリーランスの編集者になり、間もなく編集プロダクションに勤めるようになった。

二人の子を持ち、夫婦ともメディアに関わる仕事。我が家の週日は、早送りの映像のようにあわただしく過ぎていった。口には出さなかったが、たぶん彼女は出産のたびに会社を変えることなく、思う存分働きたかったのだろう。彼女が仕事に向かう姿は、そうした空白の日々を取り返すかのようだった。そして現実的には、決められた時間の中で、任された仕事を終えなければいけないので、自宅でも集中して仕事をしていた。何より、仕事をすることが好きだったにちがいない。

田舎暮らしをしたいかどうかは二の次にして、私と彼女の間には「ラグ」ができていた。彼女は四十歳を過ぎても、まだまだ仕事をばりばりとしたいように、私には見えた。四十歳を過ぎて、私たちはほしいものがちがった。彼女は働く時間をほしがり、私は自然の中に身を置く時間をほしがった。

彼女は現実的に考えるタイプでよくこう言って私を諭した。

「病気になったらどうするの？　田舎に行けば病院なんて近くにないでしょ。友だちとも離れちゃうのよ。地元の人とも、付き合わなくちゃならないし、年をとってから新しい人と仲良くなるのって大変なんだから」

彼女は仕事をステップアップして、四十歳を過ぎてからはある企業の広報の仕事をするようになり、会社経営にも参画するようになっていた。定年後、田舎暮らしをする事例も仕事の関係でたくさん見ていたのだ。

障壁はたくさんあったが、とにかくできることから始めようと思った。できることをしていれば、どこかに光明が見えてくるような気がしたし、何よりそうしていれば、確実に自分はそうした生活に向けて進んでいるのだという気持ちになった。落ち葉に埋もれていくような生活の中で、そうした気持ちをキープすること自体大切なんだと思った。

まず、家族の年表を作ってみた。いつになったら、家計に余裕ができるのか知りたかったからだ。

二〇〇八年、長男、大学卒業。私、五十歳。

二〇〇九年、長女、大学入学。私、五十一歳。

二〇一三年、長女、大学卒業。私、五十五歳。

二〇一五年、住宅ローン完済。私、五十七歳。

二〇一八年、私、定年退職。六十歳。

節目は長男の大学卒業（私、五十歳）、長女の大学卒業（五十五歳）、定年退職した時……。

いずれにしろ、資金はどうするのか？　それまで貯金をしていけばいいのか？　私はどんどん年をとっていく。その時、私はあることに気づいた。

あの、草ぼうぼうのジャングルがあるじゃないか。

第二章　森に囲まれていたい

三人兄弟の中で、結婚しているのは私だけである。五十歳、五十一歳という年子の兄二人は、母親と一緒に、東京の実家で暮している。長男は、大学を卒業してから父親の勤めていた精密機器の会社に入社した。経済学部出身だった兄は、しばらくの間、工場に配置されていたのだが仕事が合わず、十年ほど我慢したが結局、辞めてしまった。その後、体を壊してしまったが、今では地元の町で仕事を見つけ働いている。次男は結局、タイル職人にはならなかった。三十五歳の時、脊椎に風邪のウィルスが入ってしまい生死の境をさまよい、体を激しく動かす仕事には就けなくなってしまった。

母は気の早い性格をしている。昔からの生きがいだった茶道を今も教えていて、まだまだ丈夫なのだが、「私が死んだら、みんな仲良くするように、今のうちから相続のことを考えておくから」と、ある日の週末、突然、私は実家に呼ばれた。母は信託銀行に相談して、遺産相続の件も含め、遺言書を作りたいと言う。

兄二人が実家の土地家屋を二分の一ずつ相続する。私は、十里木高原の土地を相続する。

小屋の前の道から見る富士山

債権、株券などは、均等に分ける――。

「俊、これでいいかしら？」

母は改まって、私に聞いた。私は父親が亡くなった後も、私立の大学に通わせてもらったから、異論があるわけもなかった。ローンは払い続けているが、横浜に自宅マンションもあるし、「もちろん、それでいいよ、オレは」と答えた。

「あの富士山のジャングルをオレは相続するのか」と思った。

そんな風にして、何かが少しずつ私を十里木の山林に近づけていった。

書籍編集者の仕事は、まるで皿回しのようである。常にたくさんの「皿」を回していなければならない。「皿」は、失礼ながら著者である。

ノンフィクション編集部では小説を担当することはなく、作家との付き合いもほとんどなかった。担当する書き手は、ノンフィクションライター、評論家、学者、スポーツ選手や芸能関係、そして無名だが稀有な経験をしている人などだった。その後、学芸系の編集部に異動となるが、仕事をする人の領域は、アカデミックな分野の人たちが増えただけで、そう大きくは変わらなかった。

さて、皿回しの話である。単行本の編集者は、常に同時進行でいくつもの仕事を抱えている。締め切りはそれぞれちがい、当然のように、原稿の進み具合もまちまちだった。あっちを催促して、こっちと打ち合わせをして、あちらでは取材に付き合って、といった具合に、まるでいくつもの皿を同時に器用に回し続けている皿回しのようだった。小説だと、新聞や週刊誌、文芸誌などで連載されたものを本にする場合が多いのだが、非文芸系の場合、書き下ろしがほとんどだった。

そうやって、皿を回しながら、中年編集者の毎日は続いた。本作りに関していえば、外の人とする仕事は面白かった。本にするしないは別にして、いろいろな人と話ができるし、触発されることも多かった。世の中には、実にさまざまな人が、さまざまなことに興味を持ち、さまざまな研究をし、さまざまな経験をし、さまざまな人生を送っていた。

最初に十里木に一人で行ったのは、二〇〇一年の春のことである。とりあえず、草刈りでもしに行こうと思った。自宅近くのホームセンターでカマとナタを買い、犬を連れて一人で東名高速に乗った。もちろん、道順など記憶にない。クルマに着いているカーナビゲーションに、とりあえずは十里木高原別荘地の管理事務所の住所を入力して道案内をまかせた。

その日は土曜日の朝だった。渋滞に遭うこともなく、自宅から二時間ほどで御殿場インターチェンジに着いた。「ここから目的地までは、およそあと五十分」。カーナビの女性の声は、心のこもっていない言い方で行く先を指示する。

二十年前にも通った見覚えのあるJR御殿場線の陸橋の坂道を登る。その時、目の前に突然、富士山が現れた。道の脇から急に熊が飛び出て来たように、まったく予期せずに、どっしりとした裾野を私の目の前に広げた。

こんなに大きな富士山を見たのは、ひさしぶりだった。二十年ほど前、父の死後、中古のホンダ・シビックに乗って家族と来た時に、同じこの場所から、雄大な富士を見て以来だった。富士は、なだらかでやさしい曲線を裾野まで描いていた。まだ、頂上付近は冠雪していた。

陸橋を降り、御殿場市内を通り、市内で右折して459号線を須山方面へ向かう。記憶にあった陸上自衛隊板妻駐屯地を過ぎ、一面ススキの生えた演習場を突っ切る。カーナビの女の声は、以前来た見覚えのある道をきちんと指示した。記憶喪失の人間が時々、過去の断片を思い出すかのように、私はステアリングを握りながら、見覚えのある景色に「あっ」と小さく声を出したり、うなずいたりした。

やがて、左手に箱根の山々が見え、右手には再び、富士山がその雄大な姿を現した。須山の交差点を右折すると、国道は坂道となる。五分おきくらいに、クルマの外気温計が〇・五度ずつ下がっていく。

やがて、見覚えのある別荘の管理事務所に近づいた。「女の声」は「目的地付近」であることを告げる。そのままクルマを止めずに直進させた。林に囲まれた別荘地内の直線道路になると、坂道の傾斜はさらにきつくなる。クルマをゆっくりと走らせ、外気に触れるため、窓を開けた。緑の強い香り。樹木が発するフィトンチッドの含まれた、ひんやりとした風。初めてここに来た時も、高原のこの強い香りに驚いた。

別荘地内は森閑としていた。ゆっくりとクルマを進めるが、誰ともすれ違わない。クルマ自体見かけない。別荘がほとんど建っていないのは、二十年前の印象と同じだった。たまに小さめの家を見かけるが、多くが雨戸も閉められていて、人の気配がしない。見るからに廃屋のような家もある。大きな家も稀にあるのだが、それは移住している人たちだった。自然が豊かだという言い方もできるし、単に人気のない別荘地ということもできる。コップ半分の水をどう表現するかのちがいだった。

別荘地までは順調にたどり着いたが、着いてからが大変だった。場所がうろ覚えで、脳の片隅にわずかに張り付いたような記憶をたどってクルマを走らせたが、どこも同じような区画で同じような林があるため、めざす土地がわからない。おそらく、何時間これをくりかえしても同じことだろう。あきらめて、管理事務所に戻ることにした。草刈りに来たことを告げ、地図を出してもらい、位置を教えてもらった。

管理事務所のスタッフに礼を言って、再び、「無人」の別荘地へ向かった。迷ったあげく、やっとのことで見覚えのある「その土地」の前にクルマを止めた。隣地との境に、確かに階段があるのだが、それは「たぶん階段であろう」というくらいに、草や低木で覆われていた。以前、ジャングルという鮮烈な記憶があった土地は、こうして二十五年ぶりくらいに目にしても、変わらずに「なすがままの土地」だった。そのジャングルに向かって、心の中で、「やあ、ひさしぶり」とつぶやいた。

刈るべき下草は、何日かかるか想像できないくらい、ふんだんにあった。下草はほとんどがヤマザサである。間伐していない林は、ヒノキが二、三メートルの間隔で立っており、その樹間にナラやツツジ、ヤマザクラなどの樹木が所々に茂っていた。まずは、ササから刈った。ホームセンターで買ったカマを最初使ったが、まどろっこしいので念のために用意したナタでバサバサと切り倒していった。

林の中でかく汗は、気持ちがよかった。時折、チッチッチッと、きれいな声で野鳥が鳴く。ネイチャー雑誌の編集部にいたから、鳥の名は頭の中に入っているのだが、あの鳴き声が何という名の野鳥なのか、姿を見かけてもすぐに名前を思い浮かべることはできなかった。今度、来るときは、野鳥のガイドブックを持って来よう。林の中で、自分を囲む木々の名前にしても同じことだった。固有名詞が出てこない。ヒノキさえ、実を言うと最初に来た時、スギと勘違いしたほどだ。

私は森では何も知らなかった。東京の職場では、身の回りのことは、ある程度知りながら生活をしていた。コンピュータの使い方、単行本の文字指定、インターネットを使った飛行機の予約、パスタの作り方、安くて旨い寿司屋、高くて雰囲気のあるフランス料理屋、カクテルの種類、ヨーロッパ車の名前、本の名前、作家の名前。が、林に立つと、鳥の名前も、木や植物の名前も、浮かべることができなかった。

姿勢を低くして十分も草を刈っていると、汗が吹き出てきた。連れて来た犬は、地面から今まで嗅いだことのないいろいろな臭いが発するのか、盛んに方々を嗅ぎまわり、時折、激しく穴を掘っている。二時間ばかりそうしていると、私は喉が乾き、腹が減ってきた。時計を見ると、十一時だった。

高台の一番眺めのいい、草を刈った場所に腰かけ、御殿場市内で前もって買っておいた幕の内弁当を出し、少しぬるくなった缶ビールのプルリングを抜いた。水分を求めていた身体は、あっという間に一本目のビールを飲み干した。二本目の缶を開け、弁当箱を開き、かき込んだ。胴の長い犬は食べ物を持つ私にすぐに近寄ってきたので、塩辛くないカマボコなどを少しやった。ひさしぶりに感じる、悪くない気分だった。

目の前に愛鷹山《あしたかやま》が見えた。愛鷹山はその辺りの山域の総称なので、正確には越前岳なのだが、その標高一五〇四メートルの愛鷹山は、数十万年前、現在の富士山ができるはるか昔に生まれた。富士山は大小含めると数え切れないほどの噴火の末に、約一万年前、ほぼ現在の形になったといくつかの資料にはある。つまり、富士山の下にはいくつもの「富士山」が埋もれていて、その上に現在の三七七六メートルの勇姿があるのだ。海岸の砂浜で山を積み上げて作っていくのに似ている。愛鷹山が生まれたのも、そのいくつかの噴火によるものであり、いわば同じ母親のお腹から生まれた、富士山とは兄弟のような山らしい。今では、ふたつの山は十五キロも離れ離れになっていて、他人のような顔をしている。もちろん、こうしたことは、後に本で読んで分かったことだが、当時は山の名前さえ知らなかった。ただ、稜線がきれいな山だなと思っていた。

　父の買った土地には平地がほとんどなく、北側から南側へ傾斜した土地で、北を背に富士山を、南を向いて愛鷹山を望む地形だった。その高台に隣地との境である階段があるので、まずその階段の草を刈り、根を抜き、高い場所にある土地のササから刈っていった。

　高台の林の中で腰かけ、何も考えずに目の前の愛鷹山をながめる。野鳥の声の他に、時折、ドドーンという大きな音が遠くから聞こえてきた。しばらくして、それは自衛隊の演習音であることに気づいた。上空を横切るジェット旅客機が、飛行機雲を残して去っていくと静寂が再び訪れた。富士山上空付近は、旅客機の飛ぶコースだった。そういえば、かつてどこかに出張に行った際、機上から、快晴の富士山を見たことがあった。

　こんなに静かなことってあるのかと思った。

　風がかすかに吹くと、まだまだたくさん刈り残したササが揺れた。ササの葉がこすれ合う音がし、それは、ササの音というよりサワサワという「風の音」に聞こえた。

結局、食事をはさんで四時間くらい草を刈った。帰るときに、今日の成し遂げた成果を振り返ってみると、「あれだけ汗をかいて、これだけ」というほどしかササは刈られていなかった。でも、また来ればいい、と私は思った。草刈りが、いろいろな意味でこんなに気持ちがいいものならばまた来よう。汗、鳥の声、山の稜線、風の音、ビールのうまさ、弁当のうまさ、静かな時間、一人の時間――。今まで経験してこなかったものが、東京の生活にはなかったものが、ここにはあった。


それから、雪の降る冬までに、ふた月に一度くらい、十里木にやって来た。犬を連れ、土曜日の朝八時くらいに家を出て、御殿場市内の決まったお店で弁当とビールを買って、草刈りが終わると、露天風呂もある裾野市にある公営の温泉に立ち寄った。別に、この土地をどうしようなんて、その時点では少しも考えていなかった。草刈りすること自体が気持ちよかったから、そうしていただけだった。小屋を持つなら八ヶ岳がよかったし、十里木はいろいろな意味であまりにも寂しい所だった。美術館も蕎麦屋も、いや何しろ人がいなさ過ぎた。

私の十里木通いは「進化」した。ビールは、クーラーボックスに入れて冷やすようになった。わずかな平地の草も刈り、キャンプ用の組み立て椅子と机を持ってきて、そこに座り、弁当を食べた。まるで、キャンプに来ているみたいだった。お金を払っていないことが気分よかった。いつまでいたってかまわないのだ。いつも耳のピンと立った犬は相変わらず、臭いを嗅ぎまわり、穴を掘ってどろんこになっていた。「彼女」もここが気に入っているようだった。

東京で仕事をしていると、コップに少しずつ水が満たされていくように、「自然」な場所に行きたい気持ちがたまっていった。ふた月くらいたつと、決まってコップの水が溢れ出た。すると、費用もさしてかからない、犬も喜ぶこの場所へ、カマとナタを持って足を運んだ。東名高速の料金が町田インターから御殿場まで片道千九百円。弁当代、ビール代、ガソリン代を合わせても、一万円でつりのくる「余暇」である。

時々、東京で仕事をしていると、この土地のことを思い出した。ウグイスは去っただろうか。ヤマザクラは咲いたか。ミズナラの新芽はついたか。愛鷹山の冠雪はとけたのだろうか。まるで、あの土地から私に向かって弱い電波が発せられ、「おいでよ」と呼んでいるような気がした。

亡くなった星野道夫さんのエッセイにこんなことが書かれている。アラスカ移住を決める前のことである。彼は、アラスカ行きのお金を貯めるため東京で働いていた。

「時々、去年、アラスカで遭った熊の親子のことを思い出す。それは、満員電車の中だったり、仕事場だったり。今、こうして僕が東京で働いているこの瞬間でも、あの熊の親子がアラスカで生きているんだと思うと、心が休まった」

細かい文章は覚えていないが、およそこんな内容だった。星野さんの熊と同列に並べるなんておこがましいが、私も東京の生活で時々、十里木の土地や、草木、生き物などのことを、まるでそれらが遠くにいる〝知り合い〟であるかのように思い出した。


ある時、この辺りの坪単価がいくらくらいなのか、参考までに知っておくのも悪くないだろうと考え、私はひさしぶりに別荘の管理事務所の駐車場にクルマを止めた。最初の時、場所を聞くために立ち寄って以来、一年ぶりくらいである。

青くペイントされたログ風の管理事務所は、ゴルフ場のクラブハウスのようにシャレていた。別荘の滞在者たちのために、簡単な食料などを販売し、広いベランダのあるコーヒーショップでは軽い食事もとれた。別荘の建築も相談に乗ってくれる他、不動産の売買も行っていた。短足の犬を連れ、フロントのような窓口で鈴を押した。

「ここに土地を持っている者なのですが、参考までに最近の土地価格を教えていただけますか」

応対に出た女性スタッフにそう言った。「少々、お待ちを」と彼女は言い、ほどなく中年の親切そうな男性が、ロビーにあるソファを私に勧めた。男は建築関係の人が着るような、薄緑色のユニフォームを着ていた。

「失礼ですが、土地のご住所を教えていただけますか？」

「芙蓉の森林一丁目一四×番地の今井です」と、父が買った二十五年以上もほったらかしにされていた土地の住所を男に告げた。

「芙蓉の森林ですか……」と、男は何か含みがあるように、そうつぶやいた。

十里木高原別荘地には、分譲地が三つあった。「芙蓉の森林」と「十里木」「あしたか」である。富士急行がこの土地に別荘地開発を手がけたのは、今から三十五年ほど前のことである。昭和四十四年（一九六九年）、東名高速道路と中央高速道路が開通するのに合わせて、富士急は富士山周辺のレジャー産業の開発を手がけた。「富士山が見えなければ宿泊料をいただきません」というふれこみで有名になった「ホテル・マウント富士」や、富士急ハイランドなどが、昭和四十三年に開業した。当時は「日本ランド」と呼ばれていたが、この辺りの別荘地の開発もその頃、行われた。スキー場の開発もこの頃であり、南富士スバルラインの建設も時を同じくしている。大阪の万国博覧会が昭和四十五年だから、日本は高度経済成長の真只中だった。私の父もバリバリに働いていた頃である。

最初に別荘地を開発したのは標高約千メートルの「芙蓉の森林」だった。かつてこの辺りは、ミズナラやミズキ、フジザクラ、アシタカツツジなどの原生林が広がる高原で、開発が始まってから、ヒノキやモミノキなど針葉樹を二次林として移植したらしい。

そして、次に開発されたのが、それより標高の低い場所にある「十里木」、ほどなく標高の変わらない「あしたか」が、分譲販売された。標高差は二百メートル以上あり、冬季の雪の量も気温もだいぶちがった。ひとことで言えば、より住みやすい環境に「十里木」と「あしたか」はあった。管理事務所にも近く、「芙蓉の森林」とちがって、敷地内を歩いてみても平地が多く、たくさんの別荘が建ち並んでいた。湿気対策のためもあり、風通しがいいように道路幅も広くしてあった。那須や軽井沢とさほど変わりない、高級な別荘地風景がそこにあった。二つの地区にはペンションなどの宿泊施設やレストランなども建っていた。事務所の男性が「芙蓉の森林ですか……」と言った意味はそういうことである。

「より静かな環境を求める方には、芙蓉の森林はぴったりですね」

うまいことを言うもんである。

「坪単価、いくらくらいなんでしょうかね？」

私は単刀直入に聞いた。

「十里木やあしたかならば、坪、そうですね。五万から六万円くらいで売りに出ていますかね。もちろん、方角とか日当たり地形など、場所によりますよ。六万円くらいで売りに出しても、一年、二年、問い合わせもないことなんてザラですよ。今、こうした時代ですからねえ。芙蓉の森林ですと、それより一、二万円は安いですかね。もちろん、場所によりますが。あそこだと、土地だけで売りに出しても、まず問い合わせはこないですね」

資料を見せてもらうと、父の土地のある辺りは百五十坪から二百坪くらいまでの敷地でだいたい坪五万円以下だった。中には三万円台の物件もあった。

「上物《うわもの》があると別なんですがね。すぐに住める建物があって二百平米くらいで一千万円くらいだと、興味を示す人はいるかもしれませんね。まあ、こういう時代ですからね」

男は、「こういう時代ですからね」と、何度も同じ台詞を繰り返した。

確かに、私がここで中古の別荘を求めたとしても、一千万円以下ですぐに住める物件を探すだろう。土地だけで、それだけの資金を「ここ」にかける人は稀にちがいない。物件の相場は、八ヶ岳より、坪三万も四万も安かった。

「芙蓉の森林ですと、安くしてもだめでしょうね。問い合わせ自体ないですから……」

男はそう言って会話を終えた。


仕事の日々は続いた。企画を考え、著者と会い、打ち合わせをして、会議に出て、原稿をもらい、入稿作業をし、売り上げ部数を気にした。皿が止まらないよう、皿が落ちないよう、器用にいくつもの仕事を平行して進めていった。たまに、十里木を思い出すこともあれば、そうでない時もあった。

その頃、犬を飼ってから四年くらいが経っていた。最初は、「私もお父さんと一緒に世話をするから」と、小学校四年生だった長女は言ってくれていたのだが、中学生になると、憧れだった吹奏楽部に入部し、犬の世話をすることが少なくなってしまった。

結局、犬の世話は私が主にすることになった。朝晩の散歩とエサ。一カ月に一度のシャンプー。年に一度、保健所での狂犬病の注射。抜け毛の激しい春と秋には、二日に一度は部屋に掃除機をかけた。

犬と散歩するようになってから、季節の移り変わりに敏感になった。それは、犬のせいではなく私の年齢のせいなのかもしれなかった。だが、犬がいなければ少なくとも、これほど散歩することはなかっただろう。

散歩をしているといろいろなことに気がつく。寒さが緩み春になると、河川敷や町の一角などで、小さな自然が動いた。風が変わる。ミミズが出てくる。新芽が見えてくる。鳴く鳥が変わってくる。雲の形がちがってくる。季節が冬に向かうと、植物や生き物たちは変化を見せていった。いってみれば、定点観測と同じだった。いつも散歩で同じコースを通るから、〝小自然〟の変化が手にとるように分かるのである。

自宅はマンションだが、敷地内の植栽でさえ、そうしたことを感じた。季節はめぐり、私たちはそれに囲まれて生きている。たぶん会社への行き帰りや、職場で頭をパソコンのハードディスクのように高速回転させて働いていただけの生活では、そうしたことは「感じなかった」だろう。だから、犬と人を結ぶリードを、大げさに言えば私は魔法の杖だと思っていた。そのリードがあれば、「自然」を感じることができるからである。

ある朝、春が「爆発」したことがある。その日は土曜日で、いつもの週末のように犬をクルマに乗せ、ゆっくり散歩するために大きな公園に行った。桜にはまだひと月くらいあったが、その日、突然のように春が来ていた。植物のつぼみが今にも咲かんというところだった。

風がぬるく、蝶が舞っていた。「ああ、この日から春なのだなあ」と、理屈ではなく「感じた」。

この瞬間に生きていて、よかったと思った。季節を体で感じることが、こんなに素晴らしい感覚だったなんて、若い頃は知る由もなかった。私にとっての幸福とは、「考えること」や「評価されること」ではなく、圧倒的に「その瞬間を感じること」だった。

うまくは言えないけれど、四十歳を過ぎるあたりから「感じること」をとても大切に思い始めた。人の言う「大切なこと」や「常識」、他人の評価、他人から求められる「必要なこと」、そうしたことよりももっと大切なことがあると感じはじめてきた。

それは、突然に公園で感じる爆発寸前の春であり、職場の人間ではない利害関係のない友人と楽しむ時間であり、夏の沖縄で親しい友人と行く海岸だったり、一人自宅で飲む酒であり、一人でいる時間であり、おそらく、十里木の愛鷹山を望むあの高台で過ごす、気持ちいい時間だった。

すべてが「感じること」であって、そうした感覚は残念ながら仕事の場にはほとんどなかった。将来のために、今を犠牲にすることが、我慢できなくなってきた。「理屈」を積み上げた結果で「今を生きること」は、酸欠気味の部屋に閉じ込められているような気分がした。

「感じること」は今にしかありえなかった。「将来」のことを「今」感じることはできない。この先のことよりも、「今、この瞬間」がとても大切な気がした。

「まるで一直線のように、過去があり、現在があり、未来があるのではない。あるのは今、この瞬間だけで、今を全力で生きていかなくてはならないのだ」

作家の中野孝次さんがまだご存命の時、ある本を書き下ろしていただくため、何度か横浜の港南台にあるお宅にお邪魔したことがある。中野さんは、本のテーマでもあったのだが、何度も何度も強くそう話してくれた。中野さんの言葉は、砂漠に水が吸い込まれるように私の頭に残った。

犬は潔い生き方をしていると感じたのも、中野さんから「即今」という仏教用語をお聞きしてからだった。「今を生き切る」という意味だった。

犬は、「今、この時」しか生きていない。過去にあったことにくよくよしたり、反省したり、未来のことを思い悩んだりしない。彼らがほしいものは、食べるものと散歩だけである。他はゴロンと横になっている。エサはあるだけ食べてしまう。明日のために残しておくなんてことはしない。飽きたから、他のものをくれ、などと抗議はしない。たまには、ちがう場所に散歩に連れて行けよな、とも訴えない。新しい場所に行けば喜ぶ。喜ぶが、「また、連れてこいよな」とも言わない。その瞬間、精一杯、散歩するだけだ。何も所有しない。そして、ある日、突然、この世を去る。何も遺さずに。

オレは、こんなに潔く、生きているだろうか？　くよくよしていないか。将来のために、今を犠牲にしていないか。おまえは、今を精一杯に生きているのか――？

四十歳を過ぎ、四十五歳に近づき、自分が変わったことに気づいた。それがいいことなのか、自分に幸福をもたらす考えなのかは自信が持てなかったが、仕方がなかった。他人が四十代を、何を考えながら生きているのかを想像することができなかったが、さりとて自分の生き方にも確信はもてなかった。が、それが、自分の人生に起きてしまったことだった。やっぱりこっちにしますと、デパートの紳士服売り場でジャケットを替えるようなわけにはいかなかった。目の前に道があるならば、その道を突っ走るしかないのだ。

ある時、ノートに十里木と八ヶ岳のメリット、デメリットを書き出してみた。

十里木

優れた点●自宅からクルマで二時間／高速料金千九百円／スキー場が近い／夏涼しい／富士山がきれい／愛鷹山がきれい／母親名義だが既に土地がある／自宅から約百キロの距離／

静か／温泉が裾野にある
劣った点●静か過ぎる／美術館や店などが少ない／南アルプスがない／電車だと不便／人がいない
八ヶ岳
優れた点●美術館や店などが豊富／南アルプスがある／里山の風景が美しい／スキー場に近い／家族が好きな土地である／夏涼しい／日照時間が日本一
劣った点●自宅からクルマで三時間以上かかる／自宅から特急を乗り継いで三時間かかる／高速料金が三千八百円と高い／電車賃も高い／自宅から約二百キロある／坪単価が高い／これから土地も購入しなくてはならない

　自宅は十二階建てマンションの四階にある。子供の部屋が二つ、リビングに和室、それにとても狭いが夫婦の部屋があった。夫婦の部屋といっても、妻のドレッサーと私の机と本棚が置いてあるだけである。部屋は西側にあり、小さな机は窓に面していた。会社から持ち帰った原稿整理の仕事や、午前中、集中して原稿を読む時などその机を使った。その窓の外には、すぐそばにＪＲの東海道線が見えた。さらに先には、高架になっている横須賀線の電車が時々通り過ぎていった。そのずっとずっと遠方に、天気の良い、特に冬の日などには、丹沢連峰と一緒に富士山が見えた。

富士山はいつでもじっと私を見ているような気がした。このマンションに越してきて、かれこれ十五年は経ち、さんざん富士山を見ているはずなのに、この頃、目にする富士山は私にとって「特別」な存在になっていた。

そうして、二〇〇二年の夏も過ぎ、十月になったある日、自宅に届いた夕刊が富士山に初冠雪のあったことを報じていた。十一月、自宅から見る富士山にお頂きは、しっかりと雪色になっていた。草刈りシーズンは終わり、ようやく山に冬が来たのだ。

年が明け、横浜にも二、三度雪が降った。十里木は真っ白な世界にちがいなかった。鳥たちはどこか遠くへ行ってしまい、生き物などいない。気温は昼間でも零度以下。きっと、何の音もしない世界なんだろう。夏でも寂しい別荘地の、冬の姿なんて想像できなかった。

クルマの夏タイヤをスタッドレス・タイヤに履き替えてから、一度だけ十里木に行ってみたことがある。冬の様子がどんなものか、この目で確かめておきたかったからだ。横浜はまったく雪がなかったが、十里木は雪国だった。坂道の多い敷地内では、スタッドレスを履いていても、時々、タイヤがうまくアイスバーンをとらえることができなかった。もちろん、人には会わなかった。生き物も目にすることなく、鳥たちも鳴いていなかった。すべてが凍り付いていて、スキー場のゲレンデの頂上付近にいるような、刺すような冷気が頬をかすめた。

だが、間近で見る富士山は筆舌に尽くしがたいほど美しかった。すべての短所を差し引いても、その荘厳な美しさには余りあるものがあった。こんなに大きくて、真っ白な富士山は、この寒い冬にしか見ることができないのだ。まるで、自分の気に入った一番美しい表情を、私だけにそっと見せてくれているようだった。

春が待ち遠しかった。早く春になって、あの高原に行ってみたいと思った。私は、草木が茂る、平地の少ないこの土地に惚れつつあった。

二〇〇三年、春。

十里木の季節は、東京や横浜とひと月以上の差がある。「下」ではコートを脱ぐ季節になっても、「山」ではダウンがまだまだ必要だった。三月、四月でも雪の降る日はあるし、十里木より少し上のスキー場は、関東エリアでは真っ先にオープンし、春になっても一番遅くまで営業しているゲレンデなのだ。

インターネットで「今日の十里木」というホームページを見つけ、毎日、報告される気温とライブカメラが写す雪景色を観察した。そして、そうしたホームページで知った下界との季節のちがいを学んだ。

四月も中旬になると、さすがに根雪もなくなり、十里木にもようやく春がやってくる。私の草刈り訪問が再び始まった。草を刈り、弁当を食べ、高台から愛鷹山を眺めると、午後の草刈りの前に犬の散歩に出かけるようになった。「芙蓉の森林」内をゆっくりと、父の土地のある一丁目から始まり、二丁目、三丁目を抜け、道路をはさんだ向こう四丁目までを通り、ゆっくり歩くと約一時間かかった。短い脚の犬と私は鳥の声を聴き、鳥の姿を眺め、花々に目をやり、ゆっくりと歩いた。たまに姿を現す富士山を、敬意をもって見上げた。

その張り紙は、うちの土地のそばの電信柱に張ってあった。時々、飼い猫や飼い犬を尋ねる張り紙が張ってあることがあるので、その時もまたペットが逃げたのかなと、張り紙をのぞいてみた。そこには、大きな文字で「注意！」と書かれ、以下の文面が続いていた。

過日、三丁目付近で「熊」が目撃されました。住民の方はくれぐれもご注意ください。

管理事務所

家の建っていない敷地がほとんどのこの場所で、「熊出没」なんて張り紙を目にしたら、目にする林にいかにも熊がひそんでいるような気がしてきた。

三年前から何度も来ているおかげで、山の上のササはほとんどなくなった。愛鷹山が真正面に見える高台のあるスペースが、私のお気に入りの場所になった。一段落すると、そこに腰かけ、山を眺めた。愛鷹山は、決して形のいい山ではない。無骨さが誠意を表わしているような、そんな山だった。そうして、いつも愛鷹山を眺めているうちに、父親がどうしてこの土地を買ったのかを、考えるようになった。

不思議だった。ゴルフ場がそばにあるから購入したことはわかる。そうではなくて、どうして、「ここ」じゃなければいけなかったのか。この、平地のほとんどない、家を建てづらい土地を、父はなぜ手に入れようと思ったのだろうか。格安物件だったせいなのかもしれない。残念ながら、当時の売買の記録は実家にもう残っていないので、そのあたりのことは分からない。でも、田舎者の父が「格安」に惹かれて購入した可能性はある。あるいは、何らかの形で誰かに騙されたのか？　あるいは……、私は、ふと、愛鷹山を眺めていて気づいたことがあった。

ひょっとして、父親は、「この景色」を手に入れたかったのではないだろうか。私がいつも高台から目にしていた、愛鷹山の稜線が見える場所に別荘を建てたかったのではないだろうか。そう思いはじめると、だんだん、そうにちがいないと強く思うようになってきた。

購入当時は、周辺もこんなに高い樹木がなかったにちがいない。ヒノキの背も低かっただろう。南を向いて、つまり愛鷹山の方角に向き、富士山を背に、家が建てられると思ったにちがいない。ひょっとしたら、北側も当時、ヒノキはそれほど高木になっておらず、富士山が見えていたのかもしれない。

四十五歳を過ぎ、近くにゴルフ場の会員権を買い、そろそろ「休息のある生活」を求めた時に、この愛鷹山の稜線を目にしたにちがいない。

陽が暮れ始めると、愛鷹山を赤い夕日が照らし出した。ひょっとしたら、こうした風景を見て父は「ここにしよう」と思ったのかもしれなかった。

十里木に来るたびに、いろいろな天候を経験した。

富士山の東側にあるこの辺りは、駿河湾からの風が富士山に当たるため、様々な気象現象

小屋から見える愛鷹山

が、時にはめまぐるしく、時には激しく起きた。豪雨、稲妻、雹《ひょう》、濃い霧、入道雲……。夏の天気のいい日など、草刈りをしていると、突然、服が湿るほどの濃い霧が立ち込めることがあった。あるいは、南の島のスコールのように、大粒の雨が大量に突然降ってきて、クルマの中に退避したこともある。雨はクルマの天井を激しくたたいた。こんなに激しい雨音は、経験したことがなかった。コンクリートの都会では、いくら降っても雨は音もなく降り注ぐ。どこにも薄い天井がないため、雨音を聞かないからだ。が、ここではちがった。雨の日は雨を感じ、稲妻が走れば稲妻を、霧がかかれば霧を全身で感じた。片手間にそれに触れるのではなく、全身でそれを感じた。

それだけ、山で出会う自然現象には迫力があった。

夏のある日、近くにある裾野市のキャンプ場でテントを張ったことがある。その夜は、豪雨だった。雷が鳴り、いつまでたっても雨脚は弱まらなかった。キャンプ場にテントを張っていたのは私一人で、テントの中には犬がいるだけだった。犬は丸くなってブルブルと小刻みに身体を強ばらせていた。大粒の雨が音を立ててテントを打ち続ける。時折、落雷が響く。「怖い」という感覚が最初の頃にはあったが、もうそれも通り越し、雨が自分の体を突き抜けて降り、自分も雨と同化し、しまいには雨が自分の外で降っているのか自分の内側で降っているのか、わからなくなってしまった。テントを打つ音で耳鳴りがし、耳鳴りはしまいには無音に感じられるようになった。幸いだったのは、少し高い位置に張ったためテントの中まで水が入り込んでこなかったことだ。いつの間にか眠りについていた。気づくと、朝になり雨は上がっていた。

そうして徐々に、時々は荒々しさのある「感じること」が多いこの場所に、華やかさはなかったが私は惹かれていった。結局、この場所に住むということは、山に住むのと同じことだった。標高が千メートルもある富士山の裾野である。気候は平地のそれではなく、時に激しく急変することを覚悟しておかなくてはいけなかった。

ただ、穏やかな日の素晴らしさもたまらない魅力だった。富士山がくっきりと見えるような日、空気は切れるように澄み、濃い緑の臭いがする。野鳥が数多くさえずり、私は一人歩いていく。誰に会うこともなく、鳥の鳴く声以外、風が葉を揺らす音以外、何の音もしない。

ある日、いつも通る散歩道を変え、短い坂道にさしかかった。

その時、風がふっと吹いた。濃い緑の臭いを乗せ、まるで量が測れるように一陣だけ、私の背中をなでるように、風が過ぎていった。その臭いは、なぜか懐かしさを感じさせた。吹くのではなく、そうして体を包み込むような風を「体が感じた」ことは生まれて初めてだった。風は、まるでひとつの言葉のように私の体を通り過ぎていった。——コ・コ・ニ・イ・ラ・ッ・シ・ャ・イ。

私は決めた。父親が買ったこの土地に、家を建てよう。二〇〇三年の夏のことだった。

第三章　愛鷹山

決心はしたものの、資金はなかった。田舎暮らしに興味を持つようになってから、そんなような特集を雑誌が企画するたびに本屋で立ち読みをした。その頃、創刊が続いたミドル世代をターゲットにした男性誌では、時々、小さな特集を組んでいた。

「四十歳を過ぎたら、隠れ家的なセコンドハウスを持つ」

「小さな別荘で週末は心を癒す」

「十人の建築家の十軒の小さな別荘」

男性誌だけではなく、ミドルの世代をねらった女性誌でもそうした特集をよく目にした。

だが、そうした記事をながめてみても、参考にはまったくならなかった。

「小さな」別荘が、建築費だけで一千万円以上もするのだ。たぶん、団塊の世代か、あるいはＩＴ産業でもうけた若いベンチャー経営者の財布をねらった企画なんだろうが、フツーの中年にとってはまったくの夢物語で、現実的な記事ではまったくなかった。

「最近、けっこう売れているんですよ。三千万円くらいの物件が多いですかね。大体が大手企業にお勤めの団塊の方々ですね。子供の教育費もかからなくなってきて、退職金で購入するんでしょう。あるいは、都内にある持ち家を売って、定年を迎え待望の田舎暮らしを始めるわけです」

以前、八ヶ岳にある大規模な別荘地の管理事務所に土地の相場を聞きに行った時、営業マンが、そんなことを言っていた。

だが、私などは、これから十年が財政的に非常に苦しい時期である。住宅ローンは残っている。長男はまだ大学に入ったばかり、長女は中学に入ったばかりだ。本人の希望もあるが、運悪く二人とも私立である。家族旅行もままならなくなってきたのに、〝別荘〟資金に回すお金など一円たりともあるわけがなかった。

行きづまった。やはり、長女が大学を卒業するくらいまで、我慢するしかないのだろう。あと十年の辛抱。そうすれば住宅ローンの返済もやっと終わる。「現実的」に考えれば、それが答えだった。

だが一方で、自然の中にいたいという気持ちは強まるばかりだった。煙草をやめて一週間目、肺がニコチンを求めるように、理屈じゃなくて「体」がそれを求めていた。将来のために、今を犠牲にして生きることがたまらなかった。たいそうな別荘をほしいわけじゃない。

テントに毛の生えたような、本当の意味で小さな小屋でよかった。男性誌が言う格好のいい「小屋」、一千万円以上もする「小屋」ではなかった。一人が過ごせるワンルームのような文字通りの小屋でよかった。とにかく、「感じる」世界に身を置きたいだけだった。とりあえず、小屋を建てるにはいくらかかるのか調べ始めた。専門誌を買い、インターネットをあたってみた。

渋谷区の代官山にビッグフットというログハウス・メーカーのショールームがある。木材はカナダやフィンランドから輸入し、丸ログも平ログも、とてもしっかりしたつくりとデザインをしていて、バリエーションも豊富なログハウスを販売していた。日本には、そうして欧米から本格的なログを輸入し販売・施工する会社が何社かある。カタログを見ても立派だし、ショールームで説明を聞いても、受け応えがしっかりとしていた。ログハウスは寿命も長く、冷暖房に優れている。何より室内に入った時の香りと、木の質感がいい。が、価格が問題だった。建築費は坪当たり五十五万円ほど。一番小さなもので総面積が約二十八坪、千五百万円はかかる。物はいいが、値段がそれよりもよすぎた。

インターネットでログハウスを販売している会社を探した。キット販売という手がある。つまり自分でログハウスを作るのである。施工がなければ半額で済む。金がなければ自分で作ればいいのである。ログハウスを自分の手で建てたいと思っていたわけではなかったから、あまり気乗りはしなかったが仕方ない。とにかく、なるべくお金のかからない方法を見つけることが、今の私には重要だった。

望んでいるようなログハウスは数件あった。そのひとつがアーミップという輸入販売会社で、バルト海沿岸の国エストニアからログハウスを輸入していた。小さな物は倉庫のようなものからあり、ちょうど手ごろだなと思ったのが「リンド」というシリーズだった。角ログの厚さは二十二ミリから五十ミリ。本格的なログハウスだと六十ミリ以上あるものが普通なので、やや心もとない気がしたが、大きさといい価格といい、考えていた通りの手ごろなものだった

ちなみに、リンド36Lというログは、価格が税込みで八十三万七千九百円。室内の面積が一階部分で九・四平米。ロフト部分が四・七平米。もっと小さいもので、リンド30。価格四十五万八千円、面積は九・七平米。これはあくまでキットの価格である。作ってもらうとその二倍はかかる。説明を読むと、自分で組み立てることができると書いてある。それを知った時、ひと筋の光明が指したような気がした。百万円くらいだったら、三年ローンを組めばひと月二万円くらいの返済で済む。クルマのローンを組むことを考えれば、大したことはな

い。それくらいだったら、オレでも……。

家を建てるにあたり不可欠なことを何点も見逃していたことを、この時まったく気づいていなかった。いくら小さくても、一軒の家を建てるということは、そうそう簡単なことではないのだ。

とにかく、実物を見てこようと思った。アーミップは輸入会社で、各地方にはログを販売する会社あった。十里木に近い町に工務店がないかを探してみると、富士市に「エム・サポート」という会社があった。インターネットで電話番号を調べ、電話をしてみた。

「リンドですね。30も36も、実際にこちらに見本が建ってますから、お時間のある時に見に来てください。お住まいは？　横浜？　遠いですね。現場はちがう？　十里木？　あそこだったらクルマで三十分くらいですね。近い、近い。では、ご連絡お待ち申し上げております。あっ、わたくし、スネヤと申します。『強い』という字に、屋根の『屋』と書いてスネヤと読みます。よろしくお願いします」

あとでわかったことだが、強屋さんは社長さんだった。こうした問い合わせには、冷やかしなども多いのだろうけれど、強屋さんは、とても丁寧に親切に応対してくれた。感じのいい、第一印象だった。

翌週、八月の第一週の週末、富士市に向かった。富士市に行くのは初めてだった。東名高速道路は、御殿場を過ぎ、富士インターにいたるまでの約五十キロは、富士山の外周を回るコースとなっている。裾野インターチェンジを過ぎたあたりから焼津インターチェンジにいたるまでは駿河湾沿いを走ることになる。沼津、富士、清水、焼津。いかにも魚がうまそうな港が並ぶ。「お刺身ライン」と名づけてもよさそうなほどだ。富士で工務店を訪れた後は、近くの定食屋で刺身定食でもありつこうと考えた。

「エム・サポート」は、富士市の郊外、田んぼと建売住宅が混在するような見通しのいい場所にあった。ログハウスがいくつも建っていたので、すぐにわかった。

「さっそく、ログを見てみましょうかね」

初めて会う強屋さんは、電話で受けた印象通り、誠意を持ってことにあたるようなタイプの人だった。

「おっ、ワンちゃんですね。うちも、ついこの間から小さな柴を飼いはじめたんですよ。さ、どうぞ」と、まずは、リンド30、平屋タイプのログハウスの扉を開けてくれた。

中に入ると、むっと暑かった。窓は閉められ、エアコンも入っていないので当たり前だった。暑さの次に感じたのは、木の香だった。しかし狭い。床面積は九・七平米、約三坪。自宅のリビングより狭い。ここに、キッチン、トイレ、バスを作ろうと、想像する方が無理だった。第一、このタイプはそうした使い方はしないのだ、きっと。高原のパン屋さんかお土産屋さん、子供の勉強部屋か倉庫にふさわしい。

もう二十年以上も前、連れ合いと新居を探していたことがある。五反田駅前の小さな不動産屋さんに飛び込んで、「大田区の西側で物件を探しているのだけれど」と言うと、私たちとさほど年齢の変わらない営業マンが、けっこう熱心に応対してくれた。その彼が、最初に言った言葉が、「お客さん、不動産は第一印象ですからね」だった。

二日間くらいは空振りだった。第二京浜周辺を、彼の運転する白いサニーのセダンで何軒かのマンションやアパートを見て回った。が、どれもピンとくるものがなかった。だけれども、彼はいらつくこともなく、まるで彼だけ確実にゴールがあることを知っているかのように、時折、ルームミラーで後部座席にいる私たちに目をやりながら軽い冗談を言ったりして、余裕を見せながら私たちを案内していた。

三日目くらいのことだったと思う。私たちは、「その家」にたどり着いた。アパートの扉を開ける前に、私はすでに「ここだ」と決心していた。日当たりのいい南向きで静かな環境。大家さんと棟続きの二世帯だけの一戸建てのようなつくり。庭があり、その庭には夏みかんの木が一本、植わっていた。都営地下鉄線の東馬込駅まで徒歩三分。連れ合いもまったく同じ意見だった。家賃は七万三千円。予算を一万円以上もオーバーしていたが、私たちは迷わず契約書にサインをした。

後から考えてみると、営業マンはこの物件に「イエス」と言わせるために、何軒も「おとり」の物件を私たちに見せていたのかもしれない。あるいは、何軒かの物件を見せた反応を伺っていて、たぶん好みはこうした物件だろうと思って切ったカードだったのかもしれない。あるいは、そうした戦略もなく、手持ちの物件を順番に見せていた結果なのかもしれない。いずれにしろ、彼が最初に、「お客さん、不動産は第一印象ですからね」と言ったのは間違いなかった。

その「第一印象の話」を、この小さなログハウスから出る時に突然、思い出した。「不動産」ではないが、共通したものがあるような気がしたからだ。暑くて、狭かったが、木の香のする家の第一印象はとてもよかった。

強屋さんは次にリンド36を案内してくれた。一階部分が約三坪、ロフト部分約一・五坪。こちらも、狭いという印象がまずあった。一階に簡単なトイレ＋バスとキッチンを設備するとほぼ半分が埋まってしまう。どこで寝ればいいんだろう？　ロフトで寝るのか。

「冷たいものでも飲みましょうか。資料もありますし」と言って、強屋さんは事務所に案内してくれた。エム・サポートは、ログハウスも施工・販売しているが、本業は新築やリフォームを手がけていた。「ワンちゃんもどうぞ」と言ってくれたので、持参した皿に水をもらい床に置くと、ゲブゲブと音を出しながら、最後は舐めるまで犬は水を飲み干した。飲み終えると、エアコンが効いた事務所が気持ちよかったのだろうゴロリと身を横たえ寝てしまった。

「暑くてバテたんですかね」と言いながら、強屋さんは資料を抱えて、私の前に座った。机の上には冷たい麦茶と菓子が置かれていた。

「あれだと、少し、どちらも狭いですかね」と言うと、強屋さんは、「複合」という手がありますよと言った。つまりリンド36と30を併せてしまうのだという。それもひとつの商品として販売されていて、値段も別々に購入するよりはリーズナブルだという。キット代金、消費税別で110万円。つまり、建ててもらうと二倍の二百二十万円。価格がじりじりと上がっていく。

「ま、自分でお作りにしろ、施工も任せるにしろ、基礎はどうしますか?」

「基礎?」と私。

「ええ、基礎です」と強屋さん。

「家は、地面に直接建てるわけにはいかないですよね。しっかりとした基礎を作ってから、その上に建築するわけですよね。つまりまあ、平らにして、コンクリを打つわけですが、それもご自分でなさるおつもりですか？　基礎はプロに任せた方が安心だと思いますがね。で、平地ですかね、建てる場所は？」

父のあの土地に、平地はほとんどない。

「いや、斜面です。緩斜面です」

「斜面ですか。じゃあ、なおさら基礎はご自分でなさらない方が得策でしょうね」

「基礎工事って、おいくらくらいかかるんですか」

恐る恐る聞いた。

「それこそ、どんな場所かにもよりますよね。平地でリンド30ほどの坪数だと、あくまで概算ですが、百万から百五十万円くらいですかね。斜面ですともう少し……」

強屋さんは、こちらに予算がないことをすぐに察知したようだった。

「でもね、今井さん、いろんな工夫はできますよ。極端な話、リンド30だってキャンプ場のロッジみたいなものと考えれば広い方ですよ。風呂なんてなし。水道は雨水タンクを使う。

あの辺りは、降水量も多いですからね。電気もなし。ガスはコンロで済ませる。問題はトイレ。これはリースがあります。ほら、よく工事現場に仮設トイレがあるでしょ。契約すると定期的に汚水を汲み取りに来てくれるんです」

強屋社長は、限定された条件の中で、さまざまな工夫を考えることが好きようだった。実際にそうした資料も見せてくれたりもした。

正直、そうした強屋さんの仕事を楽しむような「姿勢」がだいぶ私の気持ちを軽くしてくれた。これがもし、足元を見るような人で、冷徹に価格だけを言われたりしていたら、この時点で小屋を建てるなんてあきらめていたかもしれない。次回、とりあえず現場を見てもらうことを約して、わたしは事務所を後にした。

それから、駅のそばにある定食屋で刺身定食を食べた。想像していたとおり、アジの刺身はうまかった。

昼食を済ませてから十里木に向かった。富士市からは、クルマでゆっくり走って四十分くらいだった。県道の24号線は、駿河湾を背に、ぐんぐんと富士山を登っていく。

今日は、初めてこの土地に泊まるつもりだった。大方、ササは刈り取ってある。テントの張れそうな猫の額ばかりの平地は決まっているので、そこの岩を少しどかせばいいだけである。自宅近くのホームセンターで三千八百円で買ったツルハシと千八百円のスコップを持参してきている。

この辺りの土地は、火山土と火山岩に覆われている。土質は浸水性がとてもいい。駿河湾から吹いた風が富士山にぶつかり、雲を作り、雨を降らせる。降った雨は、ただちに土中に浸み込み、伏流水となって名水百選にも選ばれるほどの美味しい水となり、近くの川や富士五湖に湧水となって出てくる。一方、浸透性のいい土壌のため、須山には常時水の流れる川はなく、あったとしても水の流れることのない川原だけが残っている。父の土地にも大きな石が転がっている沢のような地形があるのだが、ここも大雨の時には水が流れるのだろうか、少し心配である。

直径五十センチほどの岩であれば、なんとかツルハシで移動できた。作業はあっけないほどすぐに終わってしまい、テントを張るスペースを確保した。ただ、ササの切り株が十センチほど地表に出ていて、テントの底を破るかなと思ったが、大丈夫だった。シートを敷けば、切り株を感じることもなかった。テントを張り終え、組み立て式の椅子を出し、そこに座り、空を見上げた。静かだ。聞こえるのは、時々さえずる鳥たちの声だけだった。

土地の住所は裾野市須山である。ここから、一番近い村は須山で、クルマで二十分ほどの距離である。村にはガソリンスタンド、郵便局、コンビニがそれぞれ一軒ずつあり、小さなスーパーマーケットが二軒あった。できたてのクロワッサンやら新鮮な刺身などの贅沢品を所望しない限り、買い物はだいたいこの村でこと足りる。

村からさらに裾野のインターチェンジに向かって下って行ったところに、公衆温泉の「ヘルシーパーク裾野」がある。私はよく、この温泉に立ち寄っている。温泉プールも別料金を払えば入れるのだが、風呂だけだと三時間までで入湯料が五百円。男女とも造りはちがうのだが露天風呂もあり、公平なことに毎日、男女の風呂が入れ替わる。天気がよければ富士山と箱根の山々が望め、湯質はさらりとしているが、けっこう塩からい。風呂の入口には「泉質は高張性、弱アルカリ性、高温泉」と書いてある。週末など、近くのファミリーキャンプに来た親子連れや、富士山や愛鷹山などの登山客でにぎわう。平日は地元の人たちの憩いの場になっている。あまり長風呂が好きでない私でも、ここへ来るとのんびりとした気分になり、身体も心も一時間くらいかけて、解きほぐしていく。

この温泉に来ると、決まってすることがある。犬の散歩だった。須山周辺は芝畑でも知られる。最初、目にすると、どうしてこんなに所々に牧場が多いのかと驚いたものだが、それらはすべて芝生の栽培か、あるいはかつて芝生を栽培していた土地であることを後から知った。

ある時、須山の図書館で地元の郷土史を読んでいたら、芝についてこんなことが書かれていた。

現在の自衛隊の東富士演習場はかつては陸軍の演習場だったが、「フジシバ」という芝が自生していた。その芝はもともと道路の路肩などが崩れるのを防ぐために利用されていたが、高度経済成長時代を迎えると、道路工事の他、河川の堤防工事、ホテルや住宅建設、そしてゴルフ場と需要が高まった。地元の人々は、そんなに売れるのだったらと、競うように芝作りをはじめた。もともと火山の砂礫の土壌は水田には向かず、良質な芝の栽培には向いていた。おまけに芝畑はそれほど手をかけなくても済んだ。一時は、注文に追いつけない頃もあり、「芝御殿」を建てた者もいるほどで、今では主要な農産物となっているらしい。

「ヘルシーパーク裾野」の第二駐車場の周辺も、そんな雄大な土地が広がっていた。犬を離すと、犬は草原を駆け抜けていく。ここは、かつて芝生の栽培地で、今は野球場のようにラインが引かれ、レフトのポールも立っている。だけれども、一度も、ここで誰かがプレーしているのを目撃したことがない不思議な空間である。

犬は青々とした草の上を、走る、走る。ウェリッシュ・コーギーというイギリスのウェールズを故郷とする犬種は、牧牛犬を役務として交配された。牛のかかとを噛み付きながら、牛を追ったのだそうだ。そうした、「過去」をふと、こうした草原を見ると思い出すのだろうか、犬はとてもうれしそうである。


この日も、テントを張り終え、のんびりと温泉につかりに行き、いつものように湯冷めしない程度に散歩をし、帰りに須山のコンビニで弁当を買って、再びテントに戻ることにした。

コンビニを出ると、国道は曲がりくねって上がって行く山道となる。クルマが山道にさしかかってすぐのことだった。最初、それは焚き火の煙かと思った。が、霧だった。霧ははじめ、あいさつ程度に薄くボンネット辺りをかすめたかと思うと、あっと言う間に、視界全体を覆い始めてきた。しかも、瞬く間に、スキムミルクのように濃くなった。ライトとフォグランプを前後とも点灯させる。前方に見えるものは、白い世界以外にはフォグランプが照らし出す黄色のセンターラインだけである。スピードをぐんと落とす。ライトをハイビームにしても、視界がよくなることはない。前の霧を照らすか、手前の霧を照らすかのちがいしかないからだ。窓を空ければ、霧は浸水したクルマに入ってくる水のように、室内に侵入してくるのではと思わせるような質感のある霧である。こうした霧もまた、海洋気候と富士山が作り出すこの辺りではひんぱんに経験する気象現象だった。

いつもより倍の時間をかけ、十里木に戻ると、カンテラが必要なほど、陽は落ちかけていた。霧は、運よくこの辺りに近づくと晴れていた。今買ってきたばかりの弁当を開ける。缶ビールはまだ、クーラーボックスに何本かあった。弁当を食べ終えてしまうと、やることがなくなってしまった。

やることがないという気持ちは悪くない。おそらく、職場や自宅で「やることがない」事態に直面したら、すべきことはすぐに思いつくはずだ。いや、やることがない事態など、都会にいてはあるわけない。町に暮らす私たちは「刺激」と「用事」の真っ只中にいるわけだから。

しばらくの間、ぼっーとしていた。空を見上げると、曇っていて、星は見えなかった。鳥も鳴かず、たまに吹く風の、葉を揺らす音がした。時々、ガサゴソと何かが動く音がするのだが、野鳥なのか、小動物なのか、何の音だかわからない。そうだ、ウィスキーを飲めばいいんだと思った。二、三杯飲むと、ゆっくりと霧のような睡魔が襲ってきた。テントに入り、寝袋の中に入った。

雨がテントを打つ音で、目を覚ました。携帯電話の時刻を見ると、まだ朝まで数時間あった。霧は雨の予兆だったのだ。しばらくして、また眠りについた。

鳥の声で目覚めた。いい天気である。携帯電話の時間は六時だった。手のひらにある携帯電話を見ると、昨夜、一度目を覚ましたとき、メモを打ったことを思い出した。携帯電話のメモにはこんなことが記されていた。

「小屋に、都会の生活を持ってくる必要はない。多少の不便はかまわない。雨音がしていい。それを聞きにくるわけだから。電気、ガス、水道もそれに準じて考えるべき。それにしても、良寛やウィリアム・ホールデンは、トイレをどうしていたんだろう？」


強屋さんに電話をしたのは、それから二週間ほどたってからだった。「横浜の今井」と言うと、「ああ、あの十里木のお客さんですね」と言った。

何はさておき現場を見てもらいたいので、週末の期日を決め、午後一時、管理事務所で会うことにした。最近は、ひと月に一度くらいのペースで十里木に行っている。何だか、巨大な星に吸い寄せられる宇宙の塵のように、この山林に吸い寄せられている。

管理事務所で待っていると、時間きっかりに二台のクルマが駐車場に入ってきた。強屋さんがワゴン車から降りてきて、軽自動車からは強屋さんと同じユニフォームを着た中年で短髪の男性が降りてきた。彼の名は前埼さんといい、名刺には二級建築士とあった。簡単に挨拶をすませ、現場に向かう。

「今井さん、こりゃあ、けっこうな斜面ですね。こりゃあ、けっこうだなあ。なあ、前埼君。けっこう、きついかもよ」

敷地内をざっと案内すると、強屋さんは、開口一番、そう言った。私はもう何度も見ているから慣れてしまっているけれど、最初に見る人にとっては「けっこう」を三回も繰り返すほどの「地形」に映るのだろう。

前の週、管理事務所にお願いして、不明だった境界石の位置を教えてもらっていた。管理事務所のスタッフは境界石を探り出し、さらに赤いスプレーで分かりやすいようにしておいてくれた。ただ、四ヵ所ある境界石のうち斜面に一点の境界石だけが、土砂崩れで流れ落ちていて、事務所の人が計って算出してくれた結果、ほぼここだろうという位置に、赤と白の縞のポールが立てられていた。その位置に、何かを建てるなどということは一〇〇パーセントなさそうな急斜面の境界地点なので、別に厳密な境界など必要ないのだが。

二人はてきぱきと、計測したり、考え込んだり、あるいはビニールのヒモで二点間をつなげたりしていた。その様子は、現場検証をする刑事のようだった。時折、強屋さんは何かを前埼さんに尋ねている。たぶん、建築士としての専門的なアドバイスをもらっているのだろう。前埼さんはその度、「ええ、そうですねえ」と言ったまま、けっこう険しい表情で黙ってしまう。それが、彼の癖であることに後から私は気づくのだが、最初、その険しい表情を見た時には、「ああ、この土地に、小屋を建てるのは無理なんだろうなあ」と思ったものだ。

「今井さん、とりあえず、こちら側の境界線にビニールテープを張っておきますから」と、強屋さんは、斜面の下で隣地との境界線を指差して言った。

「まあ、建てるとしたら、ここですかね」と強屋さんが指摘した場所は、私が思っていた地点とほぼ同じだった。というか、より平地に近い土地はそこしかなかった。

それは敷地の東南の端だった。敷地内では低い位置にあり、ヒノキが立ち並ぶどちらかといえば日当たりも悪い、視界も開けない場所だった。

「リンド30ですと、タテが三千三百ミリのヨコが三千ですよね。ちょっと、ロープを張ってみます。こんな感じですかね」

白いロープが囲われた一角は、なんだか殺人事件の現場検証のようだった。

「社長、でも、ここだと、上下水道までけっこう引っ張って来なきゃいけないですね」

前埼さんが冷静な指摘をした。

「そっかあ。でも、ここしかないだろう」

誰に言うわけでもなく、強屋さんはそうつぶやいた。

結局その日は、境界線と、東南端にロープを張っただけに終わった。

作業を終え、舗装された道路に出て私たちは今後のことを話し合った。

「今井さん、一応、あの位置にリンドの30を建てることを前提に、見積もりを出させていただきます。それで、最大かかってこれだというラインを出します。ガスはプロパン、上下水道使用で電気を引き、シャワー室に水洗トイレ。そこから、予算に応じて、考えていきましょう。そういうことで、どうでしょうか？」

後は、自宅に流されるファクスの見積もりを待つだけだった。


ファックスが届いたのは意外と遅く、ひと月以上たってからだった。実は、二週間たってから、「見積もり、いつ頃になるでしょうね」と私は問い合わせの電話を入れていた。

「ああ、すいません、今井さん。もう少ししたら、前埼の方から送らせますから」と社長は言うが、結局、三週間がかかり、正直、私は少しイライラした。そんなに懸案の事項はなかったはずだし、万が一、何かの理由で遅れるにしろ、一本電話を入れてくれればいいからだ。その連絡さえない。

見積もりの合計金額は四百二十万円だった。正確にいうと、四、二二三、五二〇円（消費税込み）。内訳は以下のようだった。

・基礎工事　一、一六六、四〇〇円
・給水工事　二四八、〇〇〇円
・WC、浄化槽工事　一、〇四五、〇〇〇円
・浸透枡工事　五七五、〇〇〇円
・リンド30　キット代　四五八、〇〇〇円
・諸経費　五三〇、〇〇〇円

基礎工事には、木の伐採や根掘り整地、砕石、土の運搬、埋め戻し、地ならし、そしてコンクリート関係などの明細がついていた。

給水工事は、配管工事や材料、申請検査費など。

WC、浄化槽工事は、WCの代金の他、合弁処理浄化槽とその埋め込み施工費などだった。浸透枡は、いわゆる生活排水を下水に流す前に濾過する設備で、これはこの別荘地の建築規約で設備することを決められていた。

リンド30の代金には、組み立て代金、屋根葺き工事代、塗装費、配送料が含まれていない。それらを合わせれば、結局百万円はかかる。

諸経費は、仮設WC、工事中仮設電源、隣地搬入路、書類の申請費などである。

四百二十万円——。喜ぶべき金額ではなかった。ログのキット料金が五十万円弱なのに、どうしてこんな金額になってしまうのか。ウソだろ、が正直な気持ちだった。たとえ小屋のように小さいものでも、家を一軒建てるにはさまざまな費用がかかるものなのだ。
これをスタートに、どこを削って、どこまで妥協するかを考え、現実味のある額にする作業が必要なのに、私の気持ちは、見たこともない四百二十万円という額の前で、萎えてしまった。ここからが、本当のスタートにもかかわらず……。

＊　＊　＊

十里木を愛した歌人に若山牧水がいる。牧水は、旅する歌人であり、朝飯から口にするほど酒の好きな男だった。三十七歳の時、「富士の山麓」という随筆を書いている。

「昨日の午前、私は非常に忙しい仕事を果すために机に向かつてゐた。が、どうしたものか一向にそれが捗らなかつた。書き損ねの原稿が膝の横に堆くなるのみであつた。はては癇癪の頭痛まで起こつて来るので、私も諦めて書斎を出て早昼の飯の催促をした。そして晩酌のために取ってある酒の壜を持ち出して一人でちびちびと飲み始めてゐると、先刻から心の隅に湧いてゐた欲望が次第に大きくなつて来た。今年の八月、私たちが沼津に移住した日から毎日毎日座敷の中からも縁側からも門さきからも見て暮す二つの相重つた高い山があつた。一つは富士で一つは愛鷹である。一つは雲に隠れて見えぬ日でもその前に横たはつてゐる愛鷹山は大抵の雨ではよく仰がれた。その二つの山は家から見ては二つ直ちに相繋がってゐる様だが、実はその間に十里四方の広さがあるために呼ぶ十里木といふ野原があるといふ事を土地の人より聞かされたのであった。思ひがけぬその事を聞いた日から私の好奇心は働いて

ゐた。よし、早速行って見よう、少し涼しくなつたら行こうと。」（『富士山』雪華社、深田久弥らとの共著）

牧水は明治十八年（一八八五年）、宮崎県に生まれ、大学を東京の早稲田に通う。旅が好きだっただけに、歌碑は全国に二百五十九基が残る。死ぬまでに約八千七百首の短歌を詠んだ。三十五歳の時、家族とともに静岡県沼津市に移り住み、四十三年の生涯をその地で終える。

この一文が書かれた頃、彼は沼津に住んでいた。いてもたってもいられなくなり、一人、富士と愛鷹の山を電車と徒歩で三日間かけて見に行くのである。途中、馬子《まご》と出遭い、乗せてもらう。

須山村や十里木村の農民とのやりとり、酒を調達する話、宿のこと。牧水はいくつかの随筆で、この辺りのことを書いている。「酒と旅」に慣れ親しんだ歌人のエッセイは、温かく、どこか可笑しくもある。

二つの山を間近に見て、牧水はこう書いている。まず富士山に関しては、「私はかねてから斯ういふ感じを持つてゐた。多くの山もさうだが、ことに富士山は遠くから見るべきだ、近づいて見る山ではない、と。要するにそれも真実に近づいて見ぬひがごとであつた。」と、前言を翻しこう賛美するのである。

「このあらはな土の山、石の山、岩の山が寂として中空に聳えてゐる姿を私はまことに如何に形容したらよかつたであらう。生れたばかりの山にも見え、全く年月といふものを超越した山にも見えた。ことにどうであらう、四辺にどれ一つ山と手をとつて立つてゐる山もないのであつた。地に一つ、空に一つ、何処をどう見てもたつた一つのこの真裸体の山が嶺は柔らかに鋭く聳えて天に迫り、下はおほらかに而も嶮しく垂り下つて大地に根を張つてゐる。前なく後なく、西もなく、東もない。」

牧水の最後の歌集となった『山桜の歌』の中では、数多く富士山が詠まれている。

そして牧水は、「その手前の山」、標高にして富士山の半分にも満たない愛鷹山にも温かい眼差しを向けていた。

駿河なる沼津より見れば富士が嶺の前に垣なせる愛鷹の山
真黒なる愛鷹の山に巻き立てる雨雲の奥に富士は籠りつ
裾野にかけて今は積みけむ富士が嶺の雪見に登る愛鷹の尾根を
愛鷹のいただき疎き落葉木に木がくり見えて富士は輝く

愛鷹の峯によぢ登りわがあふぐまなかひの富士は真白妙なり

牧水の沼津の自宅からは、富士が見えない日でも、愛鷹山を眺めることができた。「この山はいつも落ちついた墨色をしてゐる木深い山である」と、『富士の南麓』の出だしには書いてある。後に愛鷹山に登って、初めて富士山と愛鷹山が別な山であることを確認して喜んだ、という。

『富士の南麓』では、このようにして、牧水は十里木を後にする。

「老婆と別れてその十里木の里を出た。まだ何処でも眠つてゐた。総てで十七戸あるといふその村も見たところではほんの七八軒にすぎぬ様にしか見えなかつた。他は大方掘立小屋に近いもののみであるのだ。富士に日のさして来るのを楽しみながら、自から小走りになる坂道を面白く下つてゆく。道は富士と愛鷹との間の沢を下るのだが、昨日より谷あひが狭かつた。露を帯びた芒の原では鶉が頼りに啼いていた。」

ドライブインが建ち、大きな舗装された駐車場もでき、こどもの国やサファリパークをめざすクルマが週末には賑わう現在とは、隔世の感がある十里木村である。

さて、父の土地の高台から眺めてみても、愛鷹山は牧水が表現したように、まったく濃い色をしている。山肌がスムーズに見えるので、低木に覆われたそれほど木の種類の多くない山かと思ったが、実際に登ってみると、おおいにちがう。

愛鷹山は、ひとつの山ではない。最高峰が越前岳、その他、呼子岳、黒岳、位牌岳とつらなる山である。越前岳をめざす二つのコースのうち、十里木高原からの登る登山道を、ある晴れた日の初夏に、犬を連れて登ったことがある。舗装された大きな駐車場のある出発地・十里木高原の標高が八六〇メートルだから、頂上まで約七〇〇メートルを登ることになる。二時間半かけて、ゆっくりと登ってみると、途中、ヒノキやスギなどの二次林もあったが、登山道の周辺では自然林が続いていた。高木、低木、木の種類も豊富で、頂上付近ではナラやブナなどの古木も目にする。牧水が「墨色の山」と言ったのは、こうした種類の豊富な雑木林が、濃い山肌を作っているのだなと思った。

『裾野郷土研究　第九号』には、愛鷹山のこんな由来が書いてある。

「山麓の夕暮れは早い。麓につくられた巣の中で親子が仲むつまじくさえずっていました。ある時、雀の親はエを探しに行ったままついにもどりませんでした。

小雀たちは泣きました。

風にうたれ、雨にうたれ、空腹で死にそうでした。

鷹は、足高山の上空を輪をえがいて飛んでいました。鷹は雀の巣を見つけさっと下りて食べてしまおうとしました。だが鷹は、小さな雀たちが余りにもかわいいので巣までエを運び小雀たちを育てたのです。やがて小さな雀たちは巣立っていきました。

幾年か経って鷹は老いて思うように飛べなくなりました。

山麓は富士おろしに氷った。老いた鷹の寿命も間近に迫りました。すると雀の一群が飛んできて鷹にエを運んだのです。その光景を見た村人たちは鷹の心根を思い〝愛鷹〟という名をつけたそうです。」

また、『愛鷹山』（吉原市教育委員会編）によると、愛鷹はかつては「足高」と書かれていたようだ。「富士山の脚部に聳える高い山であるという意であろう」と、その本には書いてある。

別荘の管理事務所の少し手前に、富士山資料館という小さな資料館が建っている。かつて、富士山頂上の気象観測所が使っていた橙色した雪上車が、入口に客寄せの旗のように置かれている。

父の土地に行くには、必ずこの資料館の前を通る。どんなものが展示してあるんだろうと、いつも気になっていたので、ある日、入ってみることにした。

小さな資料館である。入館料は二百円。その時の入場者は、私ひとりだった。そういえば、駐車場に車がとまっていることは、連休や夏休みの時期以外めったにない。

入場者が私だけだったせいもあったのか、係りの中年男性はとても親切だった。たぶん、もともと親切な性格なのだと思う。口調はぞんざいだったが、話し方の誠実さでそうわかった。

「富士山の成り立ちのビデオをね、作り直したばっかなの。五分くらいだから、観てったら。すっごく、わかりやすくできているから」

たしかに、おじさんの言う通り、テープはとてもわかりやすくできていた。富士山は三度爆発してできたこと。今の富士山は新富士であり、その下に、古富士と古御岳が埋もれていること。愛鷹山は、その古御岳と兄弟のような仲なこと……。

ビデオが終わり、おじさんはまだ説明したそうだったので、私は聞きたいことをたずねてみた。

「十里木の『十里』って、距離ですよね。どうして、その名がついたか、ご存じですか?」

おじさんはこう答えた。

「御殿場から十里、富士市まで十里の、ちょうど真ん中の地点だから。昔は足柄と東海地方を結ぶ街道だったらしいよ」

自宅に帰って、地図を見てみると、どうやらかつての十里木街道は今の国道469号線の付近を通っていたようで、それは今で言えば富士山の外縁を回っている東名高速道路のショートカットとなっている。

十里木について、もっと調べたくなり、ある日、裾野市にある鈴木図書館――個人図書館のような名前だけれども市立――の郷土資料室に行ってみた。

『須山の民俗　―裾野市―』（静岡県教育委員会・編集）にはこんなことが書いてある。

今の東海道が沼津から芦ノ湖に向かい箱根山越えをする以前、この辺りの東海道は、現在の東名高速道路とほぼ同じコースをたどっていたらしい（『駿東郡誌』による）。そして、その近道だったのが十里木道だったという。つまり、平地を走るが遠回りだった東海道の近道として、標高千メートルまで登らなくてはならなかったが、距離の短い十里木道が栄えたのである。

「〝須山郷土誌〟には、『世を忍ぶ旅人で本道を通る事を憚るものが折々この道を通った事が古文書にも見へる。富士郡から甲州及御殿場方面への物資を運搬するには、この道が利用され明治の初年まで重要な交通地点を占めた。問屋もあり、駄賃つけは住民の重要な生業であった』」(『須山の民俗　―裾野市―』)

「世を忍ぶ旅人で本道を通る事を憚るものが折々この道を通った」というくだりが、いかにも裏街道のようでいい。牧水の随筆にも、この辺りに明るい老夫婦が、彼にこう説明する。

「通りかかった或る小さな峠風の所は昔此処に関所のあったあとだと教へた。この辺に、といぶかると、この道は昔箱根の抜け道に当ってゐたのでそれを見張ってゐたのだといふ。」

『郷土読本「裾野」』にも似たような記述がある。

「江戸時代、十里木は足柄路の裏街道に面していたが、印野・須走を経て、甲州へ通じる路の分岐点にも当たっていたため、人馬の交通がさかんであった。物資の荷つぎ場である問屋が二軒と、旅人たちの休み茶屋などもあって繁盛していた。しかし、一八九九年(明治二十二年)、東海道線の開通によって、その役割は終わった。以後、薪炭づくりや山仕事など林業に依存する生活をしてきた」

若山牧水は十里木村をはじめて訪れたのが、一九二〇年(大正九年)のことだから、東海道線が開通し、十里木道の役割がなくなってから約三十年後のことである。牧水が随筆の中で描く十里木には、すでに要所としてのにぎわいはなく、老いた農民たちが静かに暮らすようなひっそりとした部落となっていたのだった。

第四章　着工

二〇〇三年秋、四百二十万円の見積もりが自宅にファクスされてから、考えが前に進まなくなってしまった。

こんな風にも思った。そして、事実、そうだったのかもしれない。

自分は体のいい逃げをしているのではないか。「自然」に惹かれるなんて格好のいいことを自分に言い聞かせ、単に「競争社会」から逃れたいだけじゃないか。「勝てない」と思うから、「早く降りたい」と思っているだけじゃないか。おまえは、脂ののりきった、四十代じゃないか。

考えが前に進まなくなっても、足は、変わらずに西へ――富士山へ向かった。

ひと月も東京で仕事を続けると、麻薬中毒にかかったように、十里木へ行きたくて、いてもたってもいられなくなった。自宅の自分の部屋から見える百キロ先にある冠雪した富士山を見るたびに、片思いの女性に寄せるような気持ちがした。

理由はわからなかったけれど、それでいいんだと思った。あそこに行きたいと感じているのは私だし、これは私の人生だった。四十代は仕事盛りと誰しも思っているのはわかっていた。が、理屈じゃなくて、本能に近いものが私をこの高原にさそった。人生には理解できることばかりじゃない。理屈ではわからないけれど、そうしたくなることだってあるのだ。十里木には何があるわけでもなかった。樹が生い茂り、鳥が鳴いているだけの高原だった。厳密に言えば、「都会にあるもの」が、そこにはなかった。人、コンクリート、騒音、看板、そういったものが、ここにはなかった。それは東京に、樹が、鳥が、静寂がないことの裏返し、コインの裏と表だった。

　月に一度、百キロ近い距離を往復するたびに、私は生物の生息する法則を感じた。つまり、生物はそれに適した環境に棲むという、いってみればしごく当たり前のことである。

　人は十里木のような場所に好んで棲息しない。仕事をするのに不便で向かないからだ。そこには人が集中して暮していないため、ビジネス・チャンスがない。一方、樹木は都会に繁茂しない。人が集中しているからだ。人は樹木を伐採し、地表を九九パーセントコンクリートにしてしまい、その上にコンクリートの四角い形をした建物をいくつも建ててしまった。十里木では多数派が樹木である。が、都会では多数派はコンクリートなのだ。このふたつの地点を行き来していると、まるで異なる惑星を行き来しているようだった。

ある日のことだった。

その高台からは、愛鷹山の全景が見えるわけではない。ヒノキの大木や枝が邪魔をして、ところどころ山が隠れていた。その頃には、伸縮可能な枝落としのノコギリを買ってあったし、ちょっとした樹なら切れるノコギリもいつもクルマには積んであった。

もう少し、よく山を見たい――。私は可能な限り、ヒノキの枝を落としていた。そして、愛鷹山の景色をより見えるようにと、とうとう私は樹齢二十年くらいだろうか一本のヒノキを伐ってしまった。伐る前にはそんなことは思わなかったのだが、ノコギリをまず斜めに入れ、どんどん中心に近づくにつれ、後悔しはじめた。その時、私が感じたのは、体温のある生き物の命を奪っている、という感覚だった。でももう、これだけノコギリの刃を入れてしまったのだから、途中でやめるわけにはいかない。刃がはさまれないよう、今度は地面と平行に刃を入れた。ちょうど、メロンの一片のような形をした木の断面には水分がしたたっていた。命のある証だ。後悔しながら、同じ作業を反対側から行なった。そのヒノキは、予想もしない方向に、メリメリと悲しい音を立ててゆっくりと倒れていった。木は倒れ、しばらくの間、枝が揺れる音がした後、静寂が戻った。痛み叫ぶ声も、誰かを非難する声も、あるわけではなかった。

このずっと後のこと、小屋を建てるため樹齢四十年近い樹を含めて何本ものヒノキを私は現場の人間に伐ってもらった。職人たちはケーキにナイフを入れるようにあっという間に大型のチェーンソーで大木を伐り倒していった。もちろん、伐った後に、その職人も私も手を合わすことはしなかった。「自然の中にいたい」と思う私の心が、そこに立っていた木を切り倒してしまう。もちろん、最小限にとお願いしたが、それは単なる、自分への言い訳だったことは私が一番よく知っている。一本を伐ってしまえば、二本も三本も同じだった。最初に感じていた罪悪感はどんどん弱まっていった。もう、「生きているもの」という感覚は、なくなってしまった。

山に住むということは、こうして様々な生き物を殺生して家を建てることだと思い知った。

敷地の奥まった平坦な部分には、白いビニール紐が、十坪ほどで四方の木を結んでいた。それは、強屋さんと前埼さんが「ここしかないでしょうな」と言った、小屋を建てる候補地だった。

が、小屋は、そこではなかった。小屋は、愛鷹山の見える高台に建てるのだ。私は、ここに来るたびに、吸い寄せられるように、高台に上った。きっと、ここなんだ。親父はこの光景を見たかったんだ。ここしかありえない、最後にはそう思うようになった。

四百二十万円の見積もりをもらってから、三カ月がたった。年が明け、二〇〇四年になっていた。

金の工面をどうするか、相変わらず問題は解決されてはいなかった。だけれど、「節約できる箇所はないのか」もう一度、見積もり書を見直す気持ちの余裕は出てきた。

桁がちがうのが基礎工事費とWC、浄化槽工事費だった。約百万円かかっていた。基礎工事についで大きな金額だった。ログハウスもそうだったけれど、私は情報の入手をほとんどインターネットにたよっていた。そして、偶然に見つけたのが「コンポストトイレ」だった。去年、ログハウスをショールームで見た時、強屋さんからこんな話も出ていた。

「トイレも浄化槽にしない方法はあるんですよ。たとえば、工事現場で使うような簡易トイレは、リースで借りることができるんです。汚水は定期的に取りに来てくれるんですよ。それと、水道関係もね、もし本当に山小屋生活でいいというなら、雨水タンクを使う手もあるんですよ。飲料水は別ですが、他は雨水を使えばいいんです。タンクは十万円くらいでありますよ。そういう風に、エコ小屋というか、環境を考え、かつ低予算にする考え方もありますよね」

「環境」と「低予算」をキーワードに、ネットサーフィンを繰り返す日が続いた。エコ・トイレは、山小屋や工事現場などでけっこう利用されていた。ただし、業務用がほとんどで値段も決して安くはなかった。業務用以外のものもあったが、電力を使った手間のかからない全自動のものがほとんどで、価格も百万円に近かった。

手動で定期的にコンポストを攪拌させるタイプが、カナダから輸入されていた。

コンポストは、最近では生ゴミ処理のために、自治体などが助成金を出して一般家庭で使うよう呼びかけている。原理としては、微生物が生ゴミを分解し、堆肥に変える。このインターネットで見つけた「サン・マー」というカナダ製のコンポストトイレも、同じ原理だった。好気性菌という微生物によって、排泄物を堆肥に変える。微生物が活発に活動しやすいように、腐葉土と適度な湿り気、温度、空気が必要となる。そのため、大便をするたびに腐葉土をコップに一杯分くらいかけ、排泄物の入ったドラムは三日に一度くらい回転させて、空気を取り込む。生ゴミは入れてはいけない。

説明を読むといたって簡単である。別荘にも最適とある。しかも、値段が二十五万円。ひょっとすると、「WC、浄化槽」の代金である百万円が大幅に節約できるかもしれなかった。

これを知った時、「ビンゴ！」と思わず、画面に向かって叫んでしまった。

数日後、インターネットにあったその会社に電話すると、荻窪の事務所に現物があるということで見に行った。

「JR荻窪駅から荻窪団地行きのバスに乗り、終点で降りれば目の前にショールームがありますから」と、電話の男はけっこう大きな声で答えた。

民家のようなショールームの呼び鈴を鳴らすと、しばらくして大学院生のような少し知的な雰囲気を漂わせた男が出てきた。関西弁で話す男は岡山県の出身で、このカナダ製のコンポストトイレを知ったのは、五、六年前だという。岡山県にある母親の土地に小屋を建てる時、水道を使わないトイレを探していた。インターネットで、このサン・マーを知った。取り寄せてみると、とても都合がいい。国産品に比べ、値段もリーズナブルである。下水道のない辺鄙な場所には最適な商品だった。それから、どんな経緯があったのかは知らないが、とにかく、このコンポストトイレを日本で輸入・販売するようになった。カナダの工場へも見に行ったことがあるという。

「やっぱり、こういう装置は、カナダとかアラスカとか何もない国が発達してまんな、ねえ、お客さん」

男は一階で実際に使用されているコンポストイレで、いろいろ説明してくれた。あまり手間がかからず、週末だけの別荘だったら、コンパクトなやつで間に合いそうだった。

「ほら、見てくださいよ。臭くないでしょ、さらさらしてるでしょ。もう、これ、ウンチじゃないですからね」

男は最後に、ドレイという下部にある受け皿のような物に入った一カ月経った糞（今は堆肥）を、がばりと片手でつかんでそう言った。男が「サラサラでしょ」と言った、昔ウンチだったものは完全に、確かに堆肥になっていた。その仕草に、この男のコンポストイレに対する「愛情」みたいなものを感じた。

エコ・ブームのせいか、最近では関心も高く、月に二台は売れるらしい。帰り、親切なことに男は暑い中、サンダル履きでバス停まで送ってくれた。

四、五カ月ぶりに、エム・サポートの強屋さんに連絡を取った。
「WC、浄化槽の代金を節約できるようなコンポストイレを見つけたんです。建築場所はやはり高台にしてください。そして、もう一度、見積もってみてください」

この三つを言おうと思った。ひさしぶりに強屋さんは、嫌がる風でもなく、うれしそうにこう言うのである。

「今井さん、私もちょうど、連絡しようと思っていたんですよ。新製品が出たんです。リンド30よりは少し広い、平屋建てのキットが入ったばかりなんです」

半年も見積もりをほったらかしにしていたのだが、それも気にしている様子はない。二、三度、現場にも足を運んでもらっているというのに。こういう、大雑把なところが、静岡県人の気質なのかもしれないと思った。

「そうですか、コンポストイレですか。エコでいいじゃないですか、今井さん。建築場所も高台に変更ですか。とにかく、再度、現場を見てみましょう。その時、そのコンポストイレの資料も見せてください」

ぴたりと止まっていた蒸気機関車の車輪が、ゆっくりと動き出すように、あきらめかけていた「小屋」の建設が、少しずつ動き出したような気がした。

次の週末、さっそく午後一番に現場で待ち合わせた。強屋さんたちも、もう直接来ることができるほど、アミダくじのような複雑な別荘地内の道順を覚えてしまった。私が到着すると、すでに強屋社長と前埼さんが現場で待っていた。彼らの軽トラックの前で、ひさしぶりの挨拶を交わし、見積りをもらってから連絡をしなかったことを詫びた。強屋さんは、本当はそうじゃなかったのかもしれないが、全然、気にしない風だった。

「決めました。斜面の高い位置に建てます」

私はそう言うと、二人と一緒にヒノキの立ち並ぶ急な斜面を登って行った。

「この辺りです」と、私が言ったところからは、雲だか霧だかが少しだけ中腹にまとわりついている愛鷹山が見えた。いつも山を眺めていた場所だった。

「つまり、あの山を望む位置に建てたいんです」

「いい景色ですよね」と強屋さんが私の言った希望に応えてくれた。

しばらく無言だった前埼さんが言った。

「あんまり高い位置は、ちょっと……。相当、斜面の土を掘ることになりますね」

前埼さんは強屋さんか私に向かって言ったのか、あるいは、ひとり言だったのか、そうつぶやいた。

「この辺だと無理かね、前埼君」

前埼さんは、黙ったまま、今度は道路に降りて、斜面を見上げた。相変わらず、黙ったままだった。

前埼さんが何を確認していたのか、後でこう説明してくれた。

作業は、斜面の土を掘り出し、基礎のコンクリートを垂直に、建物の床となる高さまで打つ。基礎は、岩など硬い位置を土台にしなければ安定に欠けるので、その硬い地盤に到達するまで掘っていく。つまり、斜面の高い位置に建てれば建てるほど、斜面の土を大量に掘り出さなければならない。あまり多くの土を掘り出すと、今度は土砂崩れが心配になってくる。この辺りの土質は、浸透性のいい溶岩砂ではあるが、一方でもろいことも確かだ。

「なるべく高く」という私の希望と、「安全の限界」との折り合い地点を、前埼さんはプロとして見極めようとしていたのだった。

「それと、斜面の角度ですね。水平に対して三〇度以上あると、建てられないですからね」

「そうか、斜面の問題か」。強屋さんは、こう説明してくれた。建築基準法上、水平に対して三〇度以上の角度のある斜面は崖とみなされ、安全上、家屋を建ててはいけないことになっているらしい。結局、後日、前埼さんがこうした事情に詳しい現場の人を連れてきて、どのくらい高い位置までなら可能かを調べるということになった。

それから、強屋さんたちの軽ワゴン車に付いて富士市の事務所に行った。事務所で、強屋さんが言っていたペーレ50という、新しいキットの簡単な説明書を見せてもらった。まだ日本では施工例もないくらい新しく、カラーのカタログもできていなかった。室内の面積は、一八・九平方メートル。畳でいえば約十二畳、坪数でいえば約五・七坪。自宅のリビングとさほど変わらない広さだった。しかし、前回見ていたリード30とリード36Lよりは広かった。部屋の形は、一部が飛び出ている部分があり、うまい具合にそこにトイレとシャワー室を入れることができた。小さいけれど、二畳ほどのデッキもついていた。価格は組み立て代金を含まないで九十五万円。

「ね、いいでしょう？　小さいけれど、十分に生活できる空間ですよ。ぎりぎりのところだなあ、たぶん」

強屋さんは、まるで自分が住むかのように言った。私も資料を手にして、ぎりぎりオーケーだなと思った。リード30とリード36Lは、机や台所用シンク、トイレやシャワーを入れたら、歩く空間がなくなってしまうほど狭かった。不動産の第一印象のように、ペーレ50に対して「これだ！」という感覚があった。

トイレはコンポストトイレにするので、浄化槽はいらない。最もコンパクトなシャワーと、ガスコンロがひとつ付いた流し付きコンロをカタログから選んだ。ガスはプロパン。コンポストトイレのことを説明すると、強屋さんは興味深そうに聞いていた。余分にもらったパンフレットを渡し、今日話した内容で、再度見積もりをもらうことにして、事務所を後にした。

少したって、見積もりが横浜の自宅に郵送されてきた。今度はそんなに間を置かずだった。見積もり金額は、六、二四〇、〇〇〇円だった。

最初の見積もりから二百万円も高かった。もちろん、あの斜面のせいだった。殺人事件の現場検証のようにビニール線で囲んだ、あの低地に建てればこの二百万円はいらない。コンポストイレにしたため浄化槽もいらないから、四百万円もかからないはずだ。でも、迷いはなかった。あの「現場検証」の場所に、椅子を持ち出し座りながら何度も考えたが、一瞬たりとも「ぴん」と来たことはなかった。

私が愛鷹山を気に入ってしまったのか、父が愛鷹山の景色が好きだったことに私が確信するようになったのか、今ではどちらか自分で分からなくなってしまった。あるいは、そのどちらでもあるのかもしれなかった。

建築資金については、実はエム・サポートに再度の見積もりを頼む少し前に、どう工面すればいいのか決めていた。約六百三十万円のうち、五百万円は〝父親に〟出してもらおうと考えた。残りは、ローンで支払うことにした。

母はすでに財産分与に関する遺書を信託銀行を通して作成していた。内容もそれぞれの子供たちに確認させ、了承していた。自宅の不動産は兄二人が半分ずつ分ける。十里木の土地は私が相続する。債権や株などは、三等分する。これが、母の希望だった。

つまり、建築資金の五百万円は、土地以外で私が相続する分の債権や株式を現金化して生前贈与するものだった。

二〇〇四年に相続税が改正され、「相続時清算課税制度」の手続きをすれば、生前贈与額が二千五百万円まで特別控除となった。ただし、贈与者が六十五歳以上、受贈者が二十歳以上の推定相続人に限るという条件があったが、母も私もその条件内だった。このことを知ったのは、こうしたことに明るい、長兄のおかげだった。

正直いって迷った。贈与する金額である五百万円は、相続する額のほぼ全額だったからだ。こんなことに使ってしまっていいのだろうか？　しかも、贈与という形までとって。

無計画といえば無計画に思える。無責任といえなくもない。貯金だってほとんどないし、そろそろ老後の資金だって心配しなくてはならない年齢だ。そうした近い将来を考えれば、今、自分がやろうとしていることは「非常識」に思えた。

でも、私はこう考えた。これは、父の遺志なんだ、と。

愛鷹山を望むこの土地に家を建てる。「建ててほしい」などと、遺言を遺されたわけではなかったが、わたしはそう「解釈」したかった。こじつけと言われれば、そうかもしれない。

しかし、父が子供たちに何を遺そうとしたのかと、こちらが考えることをしなければ、父の遺志に出合うことは永遠にない。なぜなら父は、大量の血を吐き、子供たちに話しかける時間も体力もないままに、埼玉県の東松山のサナトリウムで三十年前に死んでしまったからだ。

私は私で、五十歳を前にして——ほぼ父が死んだ年齢だが——自然の中に、感じる世界の中に、身を置きたかった。飢餓にも似た、そうした強い気持ちが、私をここまで来させたのだし、父の当時の気持ちを探るようになったのだと思う。

父は、今の私と同じ年齢くらいでこの世を去った。さぞかし、思い残すことばかりだったと思う。上から、二十歳、十九歳、十五歳の男ばかりの子供を残した。仕事も順調で役員になって二年目の、経営者としてはこれからという時期だった。別荘地も購入し、少し人生の歩みを緩めて、母親と少しは楽しむ時間を持ちたいと思っていたにちがいない。「そろそろ折り返し地点だから」と、思っていたのだと思う。

「小屋を建てさせ、木々の中で時間を過ごさせること」こそが、父が私に相続させたいことなんだと私は信じた。なぜなら、私は四十七歳で、上が二十歳、下が十五歳の子供を持った「父親」であり、そろそろペースを落として生きていきたいと思うようになっていたからだ。

小屋を建てることを連れ合いに話さなくてはならない。正直、気が重かった。あれほど田舎暮らしに否定的なのだ。反対されることは目に見えている。あるいは、いつものように、「勝手にすればいいでしょ」と言われるのだ。二台目のクルマに替える時も、犬を飼う時も、最後にはこの台詞を彼女は口にした。彼女にしてみれば、私が何か大きな買い物をする際に相談する時は、すでに決めていると思っているのだ。事実、そうなのだが、こうしましょう、ああしましょうという、やり取りが、大きな買い物であればあるほど、うちにはなかった。

横浜のマンションを買おうと言い出したのは彼女だったが、私はもちろん反対はしなかった。思いも寄らない提案だなあと、心の底では思っていたが。

「小屋を建てようと思うんだ」。いつこのひと言を口にしようかと、一週間くらいタイミングをはかった。子供はいない時の方がいい。話が込み入るからだ。かといって、夕食後、酒が入った状況もよくない。何がどう話が発展してしまうかわからないからだ。

どこに出かけたのか、今では忘れてしまったが、私たち夫婦は二人で電車に乗る機会があった。長女の授業参観か何かかもしれない。私たちは駅のホームのベンチにいた。ものすごいスピードで、特急電車が通り過ぎていった。

「親父が遺した富士山の土地に、小屋を建てようと思うんだ。建築費も、生前贈与して工面するつもりなんだ。いいだろう？」

私は、一気にそう言った。

連れ合いの返事は、信じられないくらいあっけなかった。

「あら、そう」

なぜ、そこに建てるのか。なぜ、今、建てたいのか。熱くなって話す必要もなかった。

「親父が遺した」という言葉がきいたのか、「生前贈与」で資金の心配がなかったからなのか、あるいは、「どうせ何を言っても無駄」と達観したからなのか。とにかく、とても憂鬱だった連れ合いへの相談を、私は何とか乗りきった。


着工は二〇〇四年六月と決まった。完成予定は八月末だったが、結局、引き渡しは十二月の十五日だった。その年の梅雨が長かったせいもあるし、エストニアからキットが届くのが遅くなったせいもある。大工さんが途中、風邪をひいてしまった。そう、それと、ある意味で大雑把なエム・サポートの人たちの性格。だが、仕事は文句のつけようがないくらい、きちっとやってくれた。

建てられた高さは、満足のいくものだった。隣地の電信柱と右隣りのモミノキに少し眺望が引っかかるが、晴れた日にはきれいに愛鷹山が見える位置となった。

遠い地での建築だが、デジカメとパソコンがあるから便利である。進行状況を適宜、前埼さんは写真と短い文章でメールしてくれた。私はそれを見て、二週間に一度、現場に確認しに行った。

基礎を組むまで時間がかかった。前埼さんが心配したように、斜面に基礎を作ることは大仕事だった。まず、ヒノキの大木を最小限度の本数、伐採する。

「なるべく、伐らないで。特に、ヤマザクラやツツジ、ミズナラなどは伐らないでください」と言っておいても、現場で作業する人に直接言っているわけではない。次の時に行ってみると、思いもよらない木が伐られていたりする。

「重機を入れなくてはいけなかったもので」とは言うが、もう後の祭りである。伐られた樹は元には戻らない。

ヒノキが何本も伐採された後、斜面からは大量の土が掘り出された。そして、硬い岩盤に行き着くまで掘削は続いた。しっかりした岩盤を土台に基礎を組む必要があるからだ。斜面は予想もできなかったほどえぐられ、そこにこんな岩が眠っていたのかと思うような大きな溶岩が露出していた。富士山噴火の際の溶岩である。

自然の土地を開拓する様子は、とても暴力的な風景に見えた。チェーンソーでヒノキを伐採し、ユンボで土を掘り起こす。当たり前のことだが、木をはじめとした自然は声を出して何を訴えるでもなかった。そして、工事をする人たちも、当たり前のようにその作業を続けていった。野鳥だけが、翌朝、様子の変わった景色に気づくのだ。


生ビールの好きなある作家が、一緒に旅をした時にぽろりとこんなことを言ったことがある。その時の宿は温泉旅館だった。

「オレ、生ビールが好きだろう。でもな、本当に好きなのは、ビールじゃないということに、年をとってから気づいたんだ。冷えた生ビールを、この喉に流し込む前の『儀式』ってあるだろ。スポーツか何かをして汗を流し、その後、風呂に入って、浴衣に着替える。もう、頭の中は一〇〇パーセント、生ビールのことしか考えていない。で、オレが好きなのは、実はビール自体じゃなくて、ビールを飲むことを想像しているそうした瞬間なんじゃないかと思うわけだよ」

テーマがビールで、あまり高尚なことを言っているようには思えないが、実はとても重要なことを彼は言ったのではないかと、時々、この名言を思い出すようになった。

結局、人にとっての夢とは、生ビールのような存在なのだ。それを思い描いて、そこに向かっている時が、本当は一番、幸福なのではないか。

乾いた喉に、がっと生ビールを流し込むのは、たまらなくうまい。最高ではある。長年の夢も達成された時の瞬間はたまらなくうれしい。だが、その瞬間に向かってつき進んでいる時間も同じくらい、幸福な時間なのである。

月に二、三度、建築現場に向かうまでの東名高速での二時間がとても幸せな気分だった。手帳に次回行く日を書き入れ、日一日と、その日に近づくのがとても楽しみだった。

そうやって、基礎を終えた夏が過ぎて、ようやくログ・キットが横浜港に入ったという連絡があった。三〇〇〇キロ以上も離れた北欧のエストニアから船で運ばれたアカマツのログ・キットは、青いビニールシートでカバーされ、敷地の道路の端に積まれていた。大工さんがキットを二人がかりで組み上げていくのは、わずか一週間くらいだった。電気工事が入り、外壁の塗装が行われた。

その間、私は小屋で使うだろう食器や家具などを買いに行ったり、自宅で余っているものを選んだりした。一人だけの買い物だったが、まるで、新婚生活のためにいろいろ揃えてい

完成した小屋

るような気分になった。あるいは、粗大ゴミとして出されているもの中からまだ十分使える、石油ストーブや木製の椅子を見つけたりもしていた。

小屋は、二〇〇四年十二月二十四日に引き渡しとなった。

雪の舞う、クリスマスイブの日だった。

エピローグ　小屋の生活

こうして、四十六歳になった師走に、私は小さな小屋を持つことになった。そして、一カ月がたって、四十七歳になった。あと一年経てば、父が死んだ年になる。

広さがほんの十二畳の、輸入角材でできたワンルームの小屋である。

室内にはトイレ、シャワー、ガスレンジが一つ、台所シンクが一つ、小さなソファ、小さな冷蔵庫（これが優れもので、アンモニア気化熱を使って冷却するからまったく音がしない。しかも二万円と安価）、机（新婚時代から使っているダイニングテーブル）、本棚（備え付け）、CD付ラジオ。三畳ほどの広さのデッキには、自宅の近所で拾った木製のガーデン用の椅子。そして、自宅近くで拾ったアラジンのストーブ。寝るときは、床に寝袋を重ねて寝ている。

ひと月の経費は、電気代が約千円、ガス代と水道代がそれぞれ約二千円。この他、一年に一度かかる費用として、別荘地の共益費が約四万三千円、固定資産税が家屋分一万五千四百円、土地分が一万一千三百円である。それと、不動産取得税を初年度だけ四万一千三百円を静岡県に振り込んだ。

自宅と比べれば、家屋が小さいせいもあって、経費もそれほど高額ではない。

ここには、たいていの場合、私ひとりで来る。一度、皆でスキーに来たことがあるが、それ以来、連れ合いと息子は小屋に来たことがない。娘は、ここの環境が気に入ったようで、クラブが長い休みになると、「こころの洗濯、こころの洗濯」と言って、一緒に来ることがある。

やせ我慢でもなく、一人で来ることが多くてもかまわないと思っている。実際に、何人もで連泊するほどの広さはないし、それ以前に、「来たい」と思わなければ、林と野鳥だけしかないこんな場所に来ても面白いことはない。

予想を越えた出来事

この文章のほとんどは、小屋を持ってから約九カ月の間に、小屋にいる時に書いた。だから、経験しているのは、二〇〇四年十二月中旬から翌年の八月末までである。季節としては、冬、春、夏、となる。

覚悟はしていたが、まずは冬の寒さには驚かされた。最低気温は零下十五度近くまで下がる。夜、室内でも零下十度くらいになるほどである。暖房器具は、アラジンの石油ストーブと、電気カーペットなのだが、真冬をこの小屋で過ごすならばこれでは不十分である。おそらく一番いいのは、部屋全体が暖まる薪ストーブだろう。が、薪ストーブは高価だ。ストーブ本体は二十万円前後で買えるのだが、それだけではだめで、室内の配管設備と煙突にしっかりした物を使用しないと効率が悪く、火事の心配もあるようだ。取り付け代金を含めると何と百万円近くかかってしまう。

水道は凍結防止のため冬には水抜きをして小屋を後にするのだが、ある日やって来たら、水は出るのだが湯沸かし器のいずれかの部分が凍結してしまったらしく、結局、滞在中、湯が出なかったことがある。真冬、冷水での炊事はきつかった。シャワーも浴びることができない。昼間でさえも、凍結部分の氷が解けなかったのだ。これは何とかしなければならない。

冬季はスタッドレス・タイヤを履いているのだが、別荘地内の坂道でスタックし、結局、小屋までたどりつけなかったことがある。翌朝、管理事務所に救援を頼んで牽引してもらった。

そうした マイナス点を差し引いても、冬の富士山は言葉で言い尽くせないほど美しい。しかも、夏のように霧や雲が出にくいから富士山の見える日も多い。また、すべてが凍ってしまったような夜、窓から眺める雪景色はとても美しく、静寂の世界も素晴らしい。

夏、カビがものすごい。ソファや椅子が真っ白である。衣服もすぐにじっとりとしてしまう。ここは、駿河湾からの風が富士山に当たり雲や霧を作るため、どうしても夏には湿気が多くなる。「溶岩とこの湿気があるからこそ、多様な植物があるのです」と、ある時、植物の専門家の人に聞いたことがある。紅茶にもパンにもカビが生えてしまう。コンポストイレの中も真っ白になっていた。

さて、そのコンポストイレだが、難点が二つ。ひとつはファンの音が耳につく。他に音がするものがないだけに、余計にうるさく感じるのかもしれない。それと、やや臭いがすること。説明書にはファンを回し、微生物がうまく糞を分解していれば「臭いはほとんどしません」と書いてある。この「ほとんど」の度合いが分からないのだ。このくらいの臭いは我慢すべきなのか、ひょっとしたらうまく分解していないのか。堆肥に分解されたものを見る限りはうまくいっていると思うのだが、自信が持てない。それと、糞尿はもともと臭うものなのだから、「臭い」という感覚自体が都市的な感覚だと最近思うようになった。結局、水洗トイレじゃないのだから。

一番近い須山のスーパーマーケットまでクルマで十五分くらいかかる。覚悟はしていたことだが、何度も行くのは億劫である。この距離も都市的感覚からすれば不便なのであって、そんなものかと思えば徐々に慣れてきた。

時々、自衛隊の演習音には驚かされる。「ドドーンッ、ドドーンッ」という、腹に響く大きな音がする。大砲であればあるほど、その発射音は大きい。その度、わが駄犬は部屋の隅で体を震わすことになる。

小屋であること　その一

何度も言うとおり、小屋は狭い。狭いから、何もかもは持ち込めない。自ずと、自分に必要な最小限のものしか持って来られない。置く場所もない。

逆の言い方をすれば、小屋を見れば、その人が今、必要としている最小限の物が何か分かる。

二〇〇五年の私が必要としているものは、筆記用具（PCは自宅からその都度、持参する）、本、音楽、酒。そして、足元に犬。一人でいると——犬はいつも一緒だが——考える時間が多い。何を考えているかというと、いろいろである。仕事、家族、昔のこと（これは思い出しているのだが）、自分のこと。おそらく、自宅や職場にいたのでは、こうした漠然としたことを、集中して長い時間考えることは不可能である。

もちろん、H・D・ソローの『森の生活　ウォールデン』は読んだ。ソローは二十八歳の時から二年二カ月、一人で小屋に暮らした。百年以上前のことである。ソローの職業は詩人、場所もアメリカのマサチューセッツ州の農村が近くにある湖の畔と、だいぶ現代の日本人が読むとかけ離れた世界ではある。が、詩人だけあって、核心をずばりと突く表現が随所に出てくる。翻訳は少々難解だが、そうした「核心」のセンテンスに出会う楽しみがこの本にはある。

「人にとって本当に必要なものが、小屋に住んでみて初めて分かった。それは、本と友人、そして音楽と信仰である」

うろ覚えで確かそんなようなことが書いてあったと、確かめるために読み返してみたが、その部分がどうも見当たらない。私の勘違いなのか、ちがう本なのだろうか。改めて読み返した時、昔、鉛筆で線を引いた場所が何カ所かあった。詩人ソローの（私にとっての）「核心」の部分である。

「こうしてわれわれは、自分の生活を後生大事に扱い、変革の可能性を否定しながら、徹頭徹尾追いつめられて生きなくてはならない。これがただひとつの生き方だ、というわけだ。ところがじつは、ひとつの中心点からいくらでも半径がひけるように、生き方はいくらでもあるのである」

「たいていのひとは、家とはなにかということを考えてみたことがないらしく、隣人たちとおなじような家を自分ももたなくてはならないと思いこんだために、一生、しなくてもいいはずの貧乏暮らしを強いられている」

「要するに、われわれが簡素に、また賢明に暮す気になれば、この地上で自分の身を養っていくことは苦痛であるどころか気晴らしにすぎないことを、私は信念と経験に照らして確信している。〈中略〉人間はひたいに汗してパンをかせぐ必要などないのである」

「なぜわれわれはこうもせわしなく、人生をむだにしながら生きなくてはならないのであろうか？　腹も減らないうちから餓死する覚悟を決めている。今日のひと針は明日の九針を省く、などと言いながら、明日の九針を省くために、今日は千針縫っている。仕事といったところで、われわれは重要な仕事など、なにひとつしてはいないのである」

「私が森へ行ったのは、思慮深く生き、人生の本質的な事実のみに直面し、人生が教えてくれるものを自分が学び取れるかどうか確かめてみたかったからであり、死ぬときになって、自分が生きていなかったことを発見するようなはめにおちいりたくなかったからである。人生とはいえないような人生は生きたくなかった。生きるということはそんなにも大切なのだから」（H・D・ソロー）『森の生活〈上・下〉ウォールデン』飯田実訳、岩波文庫）

小屋であること　その二

夏は、もちろん涼しい。下が猛暑であっても、ここは五度はちがう。平均して摂氏二十五度くらいである。窓を開け放しておくと、さわさわと風が部屋に入ってきて、実に気持ちがいい。ただし部屋に入ってくるのは、風だけではない。夏は、虫たちの天国である。小屋の中も、蜘蛛や蠅、その他昆虫たちがあっちへ行ったり、こっちへ行ったり。もともと彼らがいたところに無理やり小屋を建てたのだから仕方ない。先住権は彼らにあるのだ。ひさしぶりに来てみると、床にはたくさん虫たちの死骸が横たわっている。

時々、別荘を持っている人から、掃除に時間がかかる、ということを聞く。だが、小さい小屋は、掃除もあっという間に終わるから楽である。何せ、十二畳の部屋に掃除機をかければいいわけだから。

机を、愛鷹山の見える大きな窓側に置いている。夏は、雲がかかることが多くて、なかなか愛鷹山を見ることができない。それでも、早朝に起きて、今日は見えるかなと、カーテンを開けた時、そこに山があると、とてもうれしい気持ちがする。ああ、ついにここに小屋を建てたのだなあと、感慨深くなる。

小屋は崖に建てられているため、二階建てのように外階段で上がる。だから、窓から見えるミズナラの木も、樹上が目の前にあることになる。隣地の林は、長い間、家を建てる様子もないので、鳥たちが安心して訪れる場所となっている。机の上に双眼鏡を置き、いつでも野鳥を観察することができるようにしている。ウグイス、ホトトギス、アカハラ、カケス、ヤマガラ、シジュウカラ、ゴジュウカラ、クロツグミ、キビタキ、ヒガラ、センダイムシクイ、カッコウ、コルリ、キジバト、コゲラ、アカゲラ——本棚にある野鳥のガイドブックの頁に付箋を張っていくのが楽しみになった。ある時、鳥に詳しい人に、鳥たちは水浴びが好きだから、水浴びできるような環境を作っておくと多くの鳥が来る、と聞いた。この辺りには、川や池がないので、早速、たらいに水を張って置いておくと、水浴びをしたり、水を飲みに多くの野鳥がさらに来るようになった。

そうして、ここに座り、樹を眺めたり、鳥を見たりしていると、自分が森にお邪魔しているといつも思う。都会では、コンクリートの世界に、申し訳ないように樹が立っているようなところがあるが、こちらではまったく反対の世界である。森が多数派なのである。

林の風景に、どうして飽きないのかと不思議に思う。これが、林立するビル群だったら、五分だって見続けることはできないだろう。

長い時間ひとつのものを眺めているのは、都会ではテレビであることに気づく。テレビは思考を止めるとよく言われるが、ここではそれがよく分かる。

小屋にテレビは置いていない。この先も置かない。もし、私がこの先、遺書を書くとしたら、そのことは明記するつもりだ。

「小屋に決して、テレビを持ち込んではならない」

テレビは都会の代弁者であり、象徴であり、思考を中断させる。徒然なるままに、思索をしたいためもあり、ここに小屋を建てたのだから。

今でも、二年前に、体を包むように感じた風のある「坂道」を、散歩で通ることがある。

ここに小屋を建てようと、決めた場所だ。そこにさしかかると、不思議なことに、いつも風が舞うようにやさしく吹く。その風に包まれると、本当によかったなと思う。

私も、そう遠くないうちに死ぬことになる。そう遠くないとは、少なくとも、今まで生きてきた長さよりは、早く死ぬという意味である。たぶん、わが愛する犬よりは、早くはないと思うが。いや、それさえも分からない。ただ、私はこの文章を、息子や娘には遺せる。メッセージの明確な遺書。私の父親は遺さなかったもの。そして、この小屋も遺すことになる。

いつか、二人の子供には使ってもらいたい。あと何年経ってからのことなのか、彼らが何歳の時なのか分からないが、きっと心が自然を欲する時が来る。私がそうだったように、どうしようもなく、都会を離れたくなる時が来るはずだ。その時は、小屋があることをぜひとも思い出してほしい。

あとがき

小屋の後日談を少し——。

小さなトラブルは、引き続き起きている。解決されない問題もある。台所の蛇口が凍結により水漏れし、二度も替えたり、ログハウスのため、窓や入口の扉が季節により、開きづらくなったり、冬、相変わらず湯が出なくなったり……。コンポストトイレの臭いとファンの音も未解決のまま。

愛鷹山は、顔を見上げれば、目の前に変わらず鎮座している。東京で仕事をしていて、しばらくするとこの高原に行きたい気持ちがむっくりと起き上がってくるのは今も変わらない。が、小屋ができてから、日常の気持ちが少し変わったような気がする。それは、いつでもここに戻れるのだと安心できることだろうか。その意味で、小屋は私のこころの中にも建っているのだ。

静岡新聞社出版部の大滝成治さんには大変お世話になった。心からお礼申し上げたい。

あれから五年がたち、外壁の黒く塗られた防腐剤も所々はげてきた。今年の夏にでも、塗り直さなくてはと思っている。

二〇〇八年七月一日

著者

今井　俊（いまい・しゅん）
1958（昭和33）年、東京都生まれ。日本大学法学部新聞学科卒。
季刊誌『ドクターズ・シエスタ』編集長を経て、新潮社発行の
月刊誌『シンラ』の創刊に携わる。現在、同社出版部に勤務。
連絡先　jurigi.imai@nifmail.jp

本文写真／著者

富士の裾野にワンルーム小屋を建てた
静新新書　027

2008年8月8日初版発行

著　者／今井　俊
発行者／松井　純
発行所／静岡新聞社
〒422-8033　静岡市駿河区登呂3-1-1
電話　054-284-1666

印刷・製本　図書印刷
・定価はカバーに表示してあります
・落丁本、乱丁本はお取替えいたします

ISBN978-4-7838-0350-8 C1295

静新新書

好評既刊